문학과지성 시인선 493

연옥의 봄

황동규 시집

문학과지성사

문학과지성사에서 펴낸 황동규의 시집

나는 바퀴를 보면 굴리고 싶어진다(1978, 개정판 1994)

악어를 조심하라고?(1986, 개정판 1995)

몰운대행(1991, 개정판 1994)

미시령 큰바람(1993)

풍장(양장본, 1995)

외계인(1997)

버클리풍의 사랑 노래(2000)

우연에 기댈 때도 있었다(2003)

꽃의 고요(2006)

사는 기쁨(2013)

겨울밤 0시 5분(2015, 시인선 R)

오늘 하루만이라도(2020)

문학과지성 시인선 493

연옥의 봄

초판 1쇄 발행 2016년 11월 24일

초판 4쇄 발행 2023년 1월 6일

지 은 이 황동규

펴 낸 이 이광호

펴 낸 곳 ㈜**문학과지성사**

등록번호 제1993-000098호

주 소 04034 서울 마포구 잔다리로7길 18(서교동 377-20)

전 화 02)338-7224

팩 스 02)323-4180(편집) 02)338-7221(영업)

전자우편 moonji@moonji.com

홈페이지 www.moonji.com

ⓒ 황동규, 2016. Printed in Seoul, Korea

ISBN 978-89-320-2930-6 03810

문학과지성 시인선 493

연옥의 봄

황동규

시인의 말

호기심처럼 삶을 두근거리게 하는 것은 없다.
살아 있다는 표지다.
앞으로도 마른 데 진 데 가리지 않고 두근거리겠다.

2016년 초겨울
황동규

연옥의 봄

차례

시인의 말

제1부 천남성 열매

그믐밤

여행 도중 받은 아끼던 제자의 부음,
벌써 가는 나인가 하다 정신이 번쩍 들었다.
별이나 보자꾸나, 민박집 나와 언덕을 오를 때
휴대폰 전짓불이 나갔다.

냄새로 달맞이꽃 무리를 거쳐
반딧불이만 몇 날아다니는 관목 덤불을 지났다.

빛이 다가오는가 했더니 물소리였다.
불빛 낮춘 조그만 방같이 환(幻)한 여울을 건넜다.
기다렸다는 듯 하늘에서 별이 하나 떨어졌다.

걸음 멈추고 아는 별들이 제대로 있나
잊혀진 별자리까지 찾아보았다.
더 내려오는 별은 없었다.
땅으로 숨을 돌리자 풀벌레 하나가
마음 쏟아질까 가늘게 울고 있었다.

시계청소(視界淸掃)

오랜만에 만난 참나리꽃 제대로 보기 위해
시계청소 한다고 발로 비빈 달맞이꽃들이
이틀 후 저녁에도 피어 있었다.
어떤 줄기 둘은 간신히 서로 기대어
비스듬히 일어서며 피고
어떤 줄기는 구두에 밟힌 그대로 누운 채
고개만 골똘히 들고 피어 있었다.
그냥 엎드린 채 딴청 부리듯 핀 녀석도 있었다.

밟히고 뭉개져도 끝까지 삶의 끈 놓지 않고
아픔을 초(超)모던발레 동작으로 일궈낸 자들이
여기 있군!
하긴 살아 있는 것 치고
주어진 생명 채 쓰지 않고
선선히 내놓을 자 어디 있겠는가?
가만, 혹시 내가 없는 세상이 더 편안치는 않을까?
조심스러운 발끝걸음으로
태엽이 풀리듯 걸어 나갔다.

앤절라 휴잇의 파르티타

바흐의 파르티타,

장마 일찍 끝나고

무덥고 무겁게 시작하는 최저 온도 28도의 열대야,

과부하로 전기 당장 끊긴다고 거듭되는 실내 방송에

에어컨 끄고

길 잘못 든 바람이라도 불러들이려

불 끄고 방충망까지 열고 듣는

앤절라 휴잇의 파르티타.

사그라들 듯 피어나고 사그라들 듯 피어나

숨 고르며 춤추는 피아노의 불꽃에

날벌레들이 꼬여들까 아슬아슬하다.

날벌레야 날벌레야 가슴이 곧 몸통인 너희들 가슴이

내 가슴보다 바흐의 가슴에 더 가까웁겠지.

너희들 몸통에 곧 댕겨질 저릿저릿 불꽃에

내 발가락 끝이 벌써 자릿자릿,

죽고 사는 일보다 감각 잃는 게 더 못 견디겠는 저녁이다.

이 환한 저녁

무거운 비구름 달포 넘게 하늘을 닫았다 힐끔 열
었다 닫았다
　어둡게 비 내리다, 꾸물꾸물, 다시 비 뿌리다
　불현듯 환해진 이 저녁,
　바람이 구름장 놓아주듯 삶이 나를 놓아주면
　가볍게 날아가는 저 구름 조각처럼
　다 내려놓고 가자, 다짐하며 살았지만
　이 저녁엔 굳이 이곳에 남아 있을 거다.

　발코니도 밝아졌다. 혼자 피어 있는 베고니아
　분홍빛 세 면이 속에 든 흰 씨 은은히 비치는 멋진
씨방에
　볼품없이 붙어 있는 꽃잎들 중에서도 눈에 안 띄
게 달려 있는
　조막손 꽃잎으로라도 붙어 있을 거다.

　빗물 잔뜩 머금은 언덕을 오르다 발 비끗하더라도
　정말 오랜만에 환한 이 저녁

산책을 접을 수야 없지 않은가?

우산 쓰고도 아랫도리 흠뻑 젖은 어제 늦저녁

서교동 술집 2층 달마 그림 앞에서 얼근하게 마

시며

옷과 마음을 대충 말리고

난간 잡고 내려오던 가파른 나무 계단,

문득 몸의 힘 모두 내려놓고 인력(引力)에 몸 내주

려 했던 손

찬찬히 들여다본다.

즉석 공중제비 한번 기차게 뜰 뻔했지.

(2013. 8.)

살 것 같다

49일간 하늘이 이리 찌푸리고 저리 찌푸리다
언제 그랬냐는 듯 미간(眉間)을 펴고
오늘은 아침부터 밝고 가벼운 구름장들 날리고
있다.
살 것 같다.

열흘 전인가 문득 환해진 저녁 약수터로 올라가다
물먹은 흙에 숨어 있던 나무뿌리에 걸려 엎어지고
나서
아예 생각 뒤편으로 제껴놨던 언덕길이
슬그머니 마음 한가운데로 되돌아왔다.
살 것 같다.

그동안 비 들이치는 우산 받고 빗소리 속을 걷거나
와이퍼 고속으로 돌려야 얼핏얼핏 앞이 보이는 차
를 몰거나
비 그쳐도 온몸에 습기 차 가던 길 잊고 망연히 서
있거나

제대로 한눈팔지도 못한 눈까지 지끈지끈,
끝 무렵엔 산다는 게 무겁게 매달리는 저울추였지.

이제 무거운 추 떨어졌으니 홀가분해진 서부영화
의 늙은 악한처럼
총알구멍 뚫린 맥주통 문 앞에 세워논 살롱 앞에
서 얼씬대다
엉뚱한 총탄에 맞더라도
회한 같은 것 없이 환히 비틀거리거나
맥주통에 두 손 얹은 채 생뚱맞게 서 있을 거다.

(2013. 8.)

열대야 백리향

이번 여름 전기 사정 작년보다 더 절박하다고
텔레비와 아파트 관리실에서 다그치는 바람에
열대야! 에어컨 끄고 선풍기를 '미풍'으로 돌려놓고
이열치열하자! CD 석 장짜리 "마태수난곡"을 올
려놓고
　몇 달 동안 좀처럼 형체를 이루지 않는
미완의 시를 모니터에 올린다.
선풍기도 음악도 시도 무덥다.

　두번째 CD를 올리자
신기하게 방충망을 뚫고 날아드는 은은한 향기,
백리향! 이즘 근처에서 그 꽃 본 적 없는데.
이 향기 마지막으로 맡아본 게 언제던가?
작년은 아닌데, 재작년도.
이런, 또 추억을 한 줄로 세우는 버릇!
방충망 밖은
내일마저 없다는 하루살이도 날아다니는 세상,
숨 크게 들이켜며

'이 향기 이 밤으로 족하다!' 느낌으로
허파를 적신다.
시여, 완성되고 싶지 않더라도 슬며시 나와
이 밤을 즐기다 가시라.

천남성 열매

아파트 경내 채 벗어나지 못한 낙엽들 가슴들이
찢겨져
쓰레기 적치장 앞에 쌓이고
서로 엉겨 덩어리 된 생각들은 마음 천장에 거꾸
로 매달려
석류처럼 가슴이 찢겨지는 계절,
얼음 칼로 얇게 맨살 저미듯
아프고 아름다운 모차르트 피아노 협주곡을
두텁게 무겁게 연주하는 러시아 피아니스트 레프
오보린에
귀 기울이다
발코니에 나가 아직 남은 가을 햇볕에 생각들을
살살 달랬다.
어디엔가 매달려 있다는 것만도 다행이지,
그렇고말고.
두텁고 무거운 연주가 속이 허한 자들에겐 축복이
아닐까,
암 그렇고말고.

나도 잘 모를 말을 중얼거렸다.

중얼거림을 멈췄다. 눈앞에서
껍질 벗어 던진 나체의 석류 같은 천남성 열매
붉은 알 하나하나가 최면 걸듯 빛나고 있었다.
생각들아 가을이 깊으면
겉도 속이 된다.

안 보이던 바닥

윤나게 닦인 아파트 엘리베이터 바닥에
갈색 나방 하나 던져져 있다.
날개 반쯤 펼치다 말고
바닥에 바싹 엎드려 쪼그만 머리 앞에 뱉어논
미세한 분비물이 얼룩처럼 그려져 있다.
살아서 마지막으로 내쉰 호흡 같다.
마지막 숨 내뱉으며 그의 망막은
이 세상의 무엇을 담았을까?
바람벽처럼 막힌 엘리베이터 문이었을까?
붙어보려다 떨어지고 붙어보려다 떨어진
엘리베이터 거울의 빛나는 사각(四角)이었을까?
추운 날 버스에 오르는 순간 안경알 흐려지듯
죽음에 들며 그의 망막
눈 감는 일 도와주듯 그냥 흐려졌을까?

외등(外燈) 불빛 속 석류나무

땅거죽에 가까워지면서 간지럼 타는 눈송이들의
살갗
　어둠 속에서
　그 간지럼 전하는 공기의 미진동(微振動),
　그걸로 온몸 마사지받으며 잠드는 밤은
　지구가 한 번쯤 거꾸로 돌아도 좋은 밤이다.

　종일 흐리고
　내릴 듯 내릴 듯 눈 기어이 내리지 않은 채 밤에 든
　남해안 바닷가 여관집,
　멀리는 못 가고 머뭇대는 외등 불빛 속에
　둥치 험하게 찢긴 헐벗은 석류나무
　가파르게 뒤틀린 겨울 골짜기처럼 서 있다.
　유리창을 사이하고
　그의 잔기침 참는 부정맥이 피부로 느껴진다.
　한번 간 술맛이 돌아오지 않는 밤, 허나
　혼자 깨어 있지 않는 밤이다.

몸이 말한다

2012년 10월 5일 금요일, 하루아침에 쌀쌀해진 날
노령자 무료 독감 백신 맞으려 동네 병원에 갔다.
이왕 오셔서 기다리신 김에
4만 원짜리 폐렴 백신도 맞고 가시라는 의사의
말에
얼씨구 이런 게 바로 시간 절약!
허지만 저녁 병원 문 닫을 무렵부터 몸 오슬오슬
추워와
노령자에게 겹으로 백신 놓아준 의사, 돌팔이라
욕하며
새벽 2시까지 끙끙 앓다 간신히 눈 붙이고
아침에 생각해보니
내가 1년 4개월째 윗니 여럿 임플란트를 하고 있는
부실한 몸의 임자인 줄 의사가 어떻게 알았겠는가?

맞다, 엊저녁 너는 헛발질을 했어, 몸이 말했다.
지난여름 정신 얻다 뒀는지 모를 더위 두 번이나
먹었는데

이제 감기 몸살하고도 인사 한번 나눠야 않겠나.

빨리 가라고 자동차에 매질 않지만

재갈 물린 말은 채찍을 들어야 말처럼 달린다.

아픔의 지문(指紋) 묻어 있지 않은 삶의 구석이 어디 있는가?

기쁨의 문설주에도 아픔의 흔적?

타일레놀 계속 삼키는 네가 보기 싫어

나는 오늘 저녁 동네 치킨집에 갈 거다.

참아야 살 수 있는 곳

10년 동안 4주일 주기로 만난 이발사가 낮술에 취해
면도날로 내 왼쪽 눈썹 3분의 1을 밀어버렸고
이발할 때 신문을 읽거나 눈 감고 자는 체하는 나는
집에 돌아와 머리 감으며 눈썹 일부가 사라진 것을 보고
거울에 대고 욕설을 퍼부었다.

다음 날 점심때, 까마득한 옛 선배의 누이동생을
50년 만에 만나
눈썹 생각을 안 하려고 말을 더듬기도 했다.
하긴 둘 다 그만하면 오래 살았다.
제임스 딘 같던 멋진 선배는
이십대 중반에 까닭 모르게 손목 동맥을 잘라 자살했고
그녀의 얼굴엔 10여 년 전 텔레비에서 만난
최은희의 후반부가 아직 살아 있었다.

우린 연인으로 만난 적 없고
연인으로 헤어진 적 없으니
(봄비에 쩔쩔매는 나무들 같은
낭비할 젊음은 어디 있었지?)
지나치게 철든 연인들처럼 다정하게 점심을 먹으며
두서없는 얘기를 했다.
그네가 낡은 피아노 치러 오던 나의 옛집과 연로
하신 나의 어머니,
미국 몬태나 주 거대한 농장에 살고 있다는 그네
의 딸
지평선만 있는 하늘 가득 피는 밝은 조개구름에
대해 얘기했다.
치매에 물린 친구와 암에 녹아가는 친구에 대해서
도 얘기했다.
유효기간 지난 오빠의 추억이나
어제 이별한 정들었던 이발사 얘기는 나오지 않
았다.
선배보다 50년씩 더 산 우리는 이 지구가 그냥 둥

글기만 해서

　참아야 살 수 있는 곳임을 알고 있었던가.

햇빛에 놀란 무지개 춤

밤새 눈이 내렸다.
언덕 오르던 산책길이 능선으로 풀리는 곳에
나무 그루터기 의자,
봄 여름 가을, 잠깐씩 걸터앉아 오가는 사람 바라
보던
모르는 새 거리 좁히던 다람쥐도 만나고
점차 눈치 덜 보는 새와도 눈을 맞추던
톱에 잘려 위를 온통 비운 나무 그루터기 의자,
(그때 뿌리의 신경 얼마나 저렸을까?)
오늘은 햇빛 눈부신 하얀 보를 위에 깔고
새 발자국 몇, 갈색 깃 둘을 올렸다.
신선하고 예쁘다.

어느 누구 새가 깃을 빼놓고 갔지?
혹시 최근에 나와 눈 맞추던 새,
반사되는 햇빛에 눈이 부셔 몸 부르르 떨다가?
빼논 깃만큼은 더 떨었겠지.
탁! 지빠귀가 갈색 새 하나 옆 덤불을 박차고

눈 쌓인 나무로 뛰쳐 오른다.
쌓인 눈 한꺼번에 무너져 내리며
앞을 가리는 눈가루 막(幕) 속에서
햇빛에 놀란 무지개가 춤춘다.
누군가 몸을 부르르 떤다.

간월암 가는 길

'인도에 들어가 탁발 6개월
어느 날 하늘과 땅이 뒤집히더군, 황 거사.'
거사, 거사, 어색하군, 생각하며
나는 술상 너머 창밖으로
길게 이어져 있는 수평선을 내다보았다.
'탁발하며 처음 몇 달 지나자
미리 읽고 간 법정의 "인도 기행"이
뭘 좀 아는 자의 관광 여행기로 바뀌고
인도가 책에서 나와
인도가 되더군.
6개월째 되던 가을날 보드가야 근처서
노숙자로 사흘 동안 배앓이하고 온몸의 이를 잡고
나니
사람들이 죄 땅덩이를 머리에 이고 다니는 게 아
니겠어.
땅은 푸르고 하늘은 누렇고 보리수들
거대한 뿌리들을 누런 하늘에 펼치고.
니도 누렇고 법정도 누렇고.

미리 알았다면 황 거사도 누렇고.'
'나는 빼시지. 나한텐 법정도 까마득한데.'
'법정이나 거사나 나나 다 들풀인데.'

간월암은 지척이겠지. 허나
밀물 들면 오늘 건너갈 수는 없지 않겠나.
소주잔을 입에 대며 나는 딴생각을 했다.
반 시간쯤 전 간월암 같이 가자고 수인사 나눈
술상 건너편에 앉아 있는 자의 법명
원도였던가, 원두였던가?
　그가 술잔을 들었다 그냥 내려놓고 이마 찌푸리며
말했다.
　'무명승이라고 하시게.'

　땅거미와 함께 밀물이 들고 있었고
　나는 의자를 당겨 바다 위로 지는 해를 바라보았다.
　오늘 간월암을 못 보면 기왕 왔으니 여기 어디서
하룻밤을?

나와 같은 방향으로 의자를 돌려 앉아

창밖을 온통 물들이며 지는 저녁 해를 같이 바라
보던 그가

몸을 털듯 일어서며 말했다.

'아직 간월 절에 들어갔다 나올 시간 넉넉하이.

저 돌담 앞에 꼼짝 않고 앉아 있는 잡풀들

면벽(面壁)하고 있다고 생각해본 적 있나?

나는 그만 가네.

산은 없어도 산신각(山神閣) 있는 간월,

한 번쯤 들어가 두리번댈 만하이.'

명품 테킬라 한잔

76년 넘도록 세상의 온갖 산 것들과 두루 숨 나눠
쉬고
방에 잘못 날아든 벌레들과도 숨 따로 쉬지 않고
살았으니,
폐기종 오래 앓다 아침에 숨 걷은 친구
마지막 무렵 가쁘고 갑갑했던 숨결 몇 가닥
내 허파꽈리 어디엔가 묻어 있겠지.

최근 들어 청력이 줄었는지
봄비 유난히 숨죽이고 창에 뿌리는 밤.
테킬라 '호세 쿠에르보' 한 잔 넉넉히 따라 마시고
누워
이 생각 저 생각 두어 시간 보내다
다시 불 켜고 책상에 나앉은 나의 불면에
몇 시간 전 빈소에서 들은
사흘씩 간다는 섬뜩한 불면이 빗물 털며 찾아온
다면
숱한 불면의 밤 같이 보낸 처지에

어찌 가려 받거나 그냥 돌려보내겠는가?

잘 오셨다, 그대,

모차르트를 밤비 소리보다 한 금만 높게 흐르게
하고

한 모금 맛보고 코르크마개 마르지 않게 책장 속
에 눕혀 간직해온

명품 '마에스트로 테킬레로(Maestro Tequilero)'
한잔

같이 안 하시겠는가?

파계사 대비암(大悲庵)

파계사 대비암에 오르는데

동창이 세상 떴다는 문자가 뜬다.

연말 모임 때 그 누구보다도 팔팔했는데.

길가엔 진달래 한창 피고 있고

암자 입구 홍매 아직 불타고 있지만

이들 다음에 피던 벚꽃은 벌써 다 졌다.

휘파람새가 문득 휘파람을 불다 만다.

이런! 새들도 요샌 '멘붕' 같은 약어(略語)를 쓰

는지

내가 아는 음절을 다 꺼내놓지 않는다.

하긴 봄이 검정 안경 끼고 지팡이 두드리며 다니

는 이즈음

헷갈리게 사는 건 인간만이 아니겠지.

4월 말 대비암 환한 마당, 사방 초록 속에

아직 잎망울 틔울 염 않는 조용한 나무

'다들 잎 피운 다음에 내놓겠습니다' 느낌의 보살

풍 나무

일행 가운데 이규리 시인이 망울 하나 펴보고 단

풍이라 했지만

　천수(千手) 잎들을 내민 다음 다시 한 번 확인해보
라고

　문자 보냈다.

팔공산 황태

덩치 큰 팔공산이 단풍으로 꿈틀꿈틀대는 날
함께 동화사에 오른 시인협회 시인들과 같이 거
닐며
둘씩 셋씩 단풍 배경으로 사진을 찍었다.
열 명이 같이 찍기도 했다.
안면 있는 이들이 있어
가을이라 그런지 전보다 까칠해지셨다고 하고
어떤 이는 사진보다 더 주름이 느셨다 하곤
괜히 쑥스러워했다.
머리칼과 체구 줄어든 몸을 아래위로 훑어보며
말없이 쓸쓸한 눈 짓는 이도 있었다.
아주 쓸쓸치는 않은, 쓸쓸한 미소로 답했다.

열을 읽으면 열을 잊고
일주문에서 15분, 조금 빨리 올라오는 데 숨이 턱
밑에 차니
마음과 몸을 어느 풍경 속에 탱탱하게 지탱할 수
있겠는가?

이제 단풍마저 떠나보내고, 오는 겨울날

단풍 대신 흰 눈에 덮인 산들이 숨죽이고 내려다
보고 있는

인제군 용대리 덕장 활대에 슬그머니 올라가

짧은 햇빛과 된바람 속에 얼었다 녹았다 푸석푸석
마르며

속맛이 든다는 황태나 될 수 있을까?

새처럼 노래하자

— 2011년 9월 5일 아침, 호주 서남쪽 해안 Queenscliff
에서 호주 시인 Barry Hill에게

성량 좋은 테너와 턱 살짝 치켜든 카스트라토
두 새의 성대가 번갈아 노래했다.
호텔 창에 초봄 햇살 간질간질
주섬주섬 옷 꿰입고 나온 월요일 8시 20분
비철에 주중(週中), 사람 그림자 하나 없는 해변
마을
바다 혼자 가까이 떠 출렁이고
여기저기 저마다 독특한 형상으로 자란 이름 모를
나무들
용 두 마리 함께 용솟음치다
가운데가 붙은 두 줄기 나무도 있다.
붉은가슴앵무인가, 나무에 숨어 있는 새,
저마다 신기하게 잘들 사는데 무언가 허전하다.

어젯밤 한국 시인들과 함께 호주 시인 배리 힐 집
에 올라가
눕힌 적백포도주 여러 병,
배리, 그대와 나, 둘이 같이 그러나 따로따로

50년 동안 품에 품고 살아온

찬란하게 괴로웠던 인간 미켈란젤로의 기원

'주여 저를 다시 미켈란젤로로 환원시키지 마십시오!'

그걸 번갈아 외운 황홀한 주문(呪文)에서 깨어나

다시 삶의 앞자락이 허전한 배리 힐과 황동규가 되었구나.

허나 바로 옆에서 바다가 출렁이고 있다.

휘파람 분다. 몰라보게 서툴러졌군.

나이 때문인가, 임플란트 때문인가?

새들은 이 없어도 노래만 잘하는데.

용 아니어도 용처럼 꿈틀대는 나무들 옆에서

음정 같은 것 따지지 않고 휘파람 분다.

음치 새 하나 왔다고 현지 새들이 웃겠지.

세상의 끝
—2012년 봄, 호주행 반년 후, 제주도에서

인적 점점 졸아들어 호주 남동쪽 끝이
정말 세상의 끝 같았다.
아무도 보지 않는 파도 줄줄이 들이쳐 하얗게 부
서지고
물러났다 또 와 부서져도 아무것도 부서지지 않는
괴팍하게 생긴 나무들이 눈 감고 바람에 몸 맡기
고 흔들대는
바다까지 달려갔다.
9월 4일 초봄, 한반도와 계절은 거꾸로여도
해는 역시 동쪽에서 뜨고
유채꽃밭들이 넓게 노래하는 길에
고장 난 차 하나 사람 하나 서 있었다.

제주도 섬 휘파람새들이 뭍 휘파람새들보다
끝을 늘인 휘파람 분다.
거센 바닷바람이 휘파람 끝을 살짝살짝 잡아당겼
겠지.
제주도 남동쪽 끝

실루엣이 평평해 우습게 건너다뵈는 지귀도 벗어
나자
　물 빠지는 소리처럼 훤히 열리는 바다,
　아직 겨울옷 입은 소철들이 몸부림 없이 듬성듬성
서 있는 공간,
　유채꽃이 막 땅에 색칠을 마쳤다.
　갈매기 몇 나는 둥 마는 둥 하는 벼랑길에
　고장 난 차 하나 사람 하나 서 있었다.

　언제부턴가 고개 기울이고 허공 트랙을 달리는
지구
　종점이야 있든 말든.

오체투지(五體投地)

살 저미는 바람 맞고 피하고 맞다
살에 스치는 바람결 살가워지면
골목길 담장들 위로 큰 꽃 작은 꽃들 얼굴 내밀고
안 보이던 꽃도 보인다.
서커스 하듯 줄 타고 오르는 꽃도 있다.
벌써 시들고 있는 꽃은 눈짓으로
'지금 막 열매를 열고 있습니다.'
어느샌가 새끼손톱 같은 열매를 아래 매단 꽃도
있다.

짧은 비 그치자 밝아진 골목길에 달팽이 하나
몸보다 큰 소용돌이를 등에 지고
끝에 눈 달린 두 더듬이 좌우로 헤저으며 기고 있다.
시멘트 조각 하나를 힘들게 피한다.
눈물보다 더 진득한 분비물을 온몸에 두르고
오체투지 하고 있군.

슬그머니 승용차 하나가 앞을 막아선다.

바퀴 바로 앞의 오체투지!

달팽이가 더듬이 조심조심 내저으며 침착히 기어

바퀴 폭을 벗어난다.

볼 것 다 봤다는 몸짓을 하며 나도 자리를 뜬다.

볼 것 다 보았다니?

그래, 살아 있는 것들 하나같이 열심히 피고 열고

기고 있는 곳에서

더 이상 볼 게 없다는 거짓말 없이 어떻게 자리 뜰

수 있겠는가?

제2부 발

저 꽃

앞으로 산책 거리 줄일 땐 어디를 반환점으로?
학수 약수터? 남묘(南廟)?
아직은 집에서 너무 지척인 남묘를 향해
일부러 이 골목 저 골목 에둘러 가다가
마지막으로 꽤 숨찬 언덕길을 오르다 만나는,
담 헐고 만든 꽃밭, 허나 다른 꽃들 자리 뜬 조그
만 마당에
부용꽃.
내가 여름 꽃 하나만 그린다면
파스텔로 빛깔, 모양, 줄무늬까지 뜨고 싶은 저 꽃.
떠질까, 냉수로 새로 막 부신 듯 저 느낌?
발길 멈춘다.
작년 여름에도 그랬지.
오늘처럼 무더운 날 오후 저 꽃이 별안간
트라이앵글 소리 냈어.
이번에도 쟁! 또 한 번 쟁!
이번에도 발을 헛디딘다.

발

―2014년 5월 13일, 목동 이대병원 김치수의 병상에서

방 안에 꽃 없는 꽃병 있는 듯 없는 듯
눈 감고 누운 얼굴에 의식 있는 듯 없는 듯
너는 병원 침대 위에 눈 감은 보살 얼굴로 누워 있
었다.
고막을 건드리고도 여운이 남을 만큼
귀 가까이 대고 가만가만 이름을 두 번 불렀으나
얼굴에 아무런 표정도 피어나지 않았다.
지금 내가 할 수 있는 일이란 이게 다인가, 시선을
거두다
일생 달고 다닌 것답지 않게 튼실한 발이 눈에 들
어와
쓰다듬었다.
부끄럽다는 듯 네가 발을 움츠렸다.
의식의 꼭지는 아직 붙어 있군!
옆 발을 쓰다듬자
그 발도 움츠렸다가 슬그머니 다시 폈다.

입관 후 제자들이 너무 슬퍼하자

부처는 관 밖으로 발 하나를 불쑥 내밀었다.
몸 가장 아래 달고
평생 인도 대륙을 탁발하고 다닌 부처 삶의 밑동,
누가 쓰다듬었다면
그도 발을 움츠리지 않았을까?

그때 네가 가느닿게 눈을 떴다.
그리고 그 눈 살짝 감았다가 다시 가늘게 뜨며
보살의 웃음이 아닌 장난기 어린
인간의 눈웃음을 웃었다.

아픔의 부케

아픔 줄이기 위해, 아픔 견디기 노끈과
아프지 않은 사람 어딨어? 맞받아치는 노끈을
한 줄로 엮으며 살아왔지만,
산책에서 돌아오다 최근까지 전화 주고받던 동창
조금 전 세상 밖으로 나갔다는 휴대폰을 받고,
너무 서두르는군! 마음 다잡으면서도 가슴 답답해
무릎 높이로 담 낮추고 영산홍 환히 피운 집과
한길 넘는 담 위로 라일락 어둑히 시드는 집이 섞
여 있는 골목길을
잘 세어지지 않는 하나에서 백까지를
억양 바꿔가며 두 번이나 세며 걸었다.
뒤로 돌아 언덕길을 다시 오르기도 했다.
2년 전 낮술에 취해
면도로 내 왼쪽 눈썹을 3분의 1 밀어버린 이발사
가 사는
붉은 줄 푸른 줄이 한 원통에 감겨 소리 없이 돌고
있는
골목 안이었다.

서교동에서
— 화요일 저녁마다 친구들이 서교동 한 밥집에 모여
술 곁들인 식사를 한다.

떨어지는 시력을 벌충하려
시선 머무는 데마다 초점을 만들다 보면
세상이 갑자기 진해질 때가 있다.
흰머리에 등산복 입은 노인 하나 놀란 듯 서 있고
그 바로 앞에 검은색 차가 삐이익.
천만다행! 화요일 저녁이면 무심히 걷는 서교동
거리
문득 서녘에 검붉은 해와 하늘을 띄워놓고
여기저기 물 고인 검붉은 갯벌 깔아놓고
해 막 지기 전 바다가 된다.
지평선인가 수평선인가 그냥 가로금인가
위아래 검붉은 색채 속으로 번져 지워지고
하늘과 땅이 하나가 된다.
언젠가 나와 친구들이 가로금처럼 걷다가
하나가 된 검붉은 땅 검붉은 하늘로 스며들어가
하나가 되리라는 이 느낌!
흉치만은 않으이.

춤추는 은하

창밖에 포근한 융단 깔리는 느낌 있어
눈 비비며 발코니로 나간다.
흰 눈이 8층 아래 주차장을 가득 메우고
건너편 축대를 한 뼘 가까이 돋우고, 흥이 남아
공중에 눈송이를 날리고 있다.
마당 가득 하얗게 살구꽃 흩날리던
정선군 민박집의 아침이 8층 높이로 올라!
새 꽃밭 찾아낸 벌들이 8자형 그리며 춤추듯
눈송이들이 느슨한 돌개바람 타고
타원을 그리며 춤춘다.
살랑대는 저 춤사위, 지구의 것 같지 않군.
그래 은하의 춤!
은하 속 어디에선가 꽃 피운 행성 하나 찾아냈다
는 건가?
잠깐, 기억들 다 어디 갔지?
뇌 속이 물 뿌린 듯 고요해지고, 살랑대며 춤추는
은하가
천천히 돌면서 다가온다.
나도 모르게 몸을 내민다.

마지막 날 1

하늘 한편이 기울 만큼
갈까마귀 줄지어 날아가는 꿈을 꾸다 깨니
초여름 비가 내리고 있었다.
방 안이 너무 조용하고
옆방에서 전화하는 아내의 말소리가
새소리처럼 눈부시게 들린다.
이제 시간 밖으로 나갈 시간,
눈에 띄지 않게 슬그머니 현관에 나가
우산꽂이에서 우산을 뽑아 들고
손가락으로 신발을 꿰신으려다
허리를 펴고
신발장 고리에서 구둣주걱을 벗겨 든다.

문을 열자 열린 층계 창을 통해
확 달려드는 빗소리와 싱그러운 물비린내,
어떻게 하면 이것들을 챙기지 않고 가지?
허나 생각을 벌기 위해
빈 엘리베이터를 내려보내지는 않을 거다.

마지막 날 2

원한다고 될 일은 아니겠지만
사방에 녹음 넘칠 때 가고 싶다.
초여름 농사철 막 끝난 후
조금 한가해진 신작로를 걷다 가고 싶다.
녹음이 자연의 본색(本色)이라서가 아니다.
겨울밤, 낮에 물고기 잡은 얼음 구멍에서
크고 작은 두 별이 도란대며 나란히 헤엄치는 모
습처럼
자연의 품을 더 살갑게 보여주는 것도 있지 않은
가?

냄새 자욱한 밤꽃이 가실 무렵
모든 추억의 냄새가 녹음처럼 다 비슷비슷해질 때,
우회도로 난 후
길 한가운데까지 쳐들어온 자갈과 풀에 신경 주지
않고 걷다
갈림길에서 그만 길을 잃는다.
두 길이 양옆에서 춤추듯 설렌다.

평생 한 길 취하고 다른 한 길 버리는 일 하고 살았으니

마지막 한 번쯤 한꺼번에 둘 다 취해볼 수 있지 않을까?

견딜 만해?

— 미국 의사가 되어 2년 전 삶을 마감한 강화도 친구 김창영에게

세상에서 떨어져 나가기 전 사람은 기억의 요철
(凹凸)을 문지른다.

47년 전 타임스퀘어, 현란하게 색 전등 두른 X등
급 영화 광고판과

4.7년 전 브로드웨이 유니언 광장, 찬란한 햇빛 속
반라(半裸)의 여인들이

서로 부르면 지척에서 들릴 듯

이웃 추억들이 되었다.

1980년엔가 미국 가기 전 그리고 귀국할 때면

노을이 지다 말고 머뭇대는 강화 갯벌 같은 은근
한 술자리로

나를 불러내곤 했던,

몸 비쩍 말라 피카소의 압생트 마시는 여인

그 길고 파리한 손가락 감촉을 지닌,

첫 잔 들 때 스스로 다짐하듯, 아직 견딜 만해! 하
던 네가

먼 추억에서 방금 추억으로 돌아왔다.

조금 전 꿈, 너는 마지막으로 본 10여 년 전 얼굴을 하고

파리하고 긴 손가락으로 내 성글어진 머리칼을 가리키며

어디 견딜 만해? 물었다.

대답 대신 눈 크게 뜨고 너를 쳐다보다 꿈에서 나왔다.

책갈피에서 빠져나와 손바닥에 놓인 가을꽃 같은 마른 체취!

꿈에서 나오기 전 넌지시,

너 있는 거긴 그래 견딜 만하냐? 물어볼걸.

아랫동네 산책

지겹게도 오래 끄는군, 체육관 공사!
현충원 올라가는 언덕 못 미쳐
불도저 소리 위로 자욱이 이는 먼지를 보고 투덜
대며 돌아서는 나를
아랫동네에 임시 산책길 낸 내가 다독인다.

사라진 줄 알았지?
컴퓨터 글씨체로 침술원 간판 써 붙인 손님 드문 집
어느 하루 분주하다 정적에 싸이곤 하는 떡집
철물점 3층, 가슴 내밀듯 '여성철학원' 큰 간판 둘
이나 내단 점집
눈에 잘 띄는 곳에다 번듯하게 차린 열이 넘는 교
회와
목공소 2층, 건물 밖 층계 비좁고 어둑한 다락방
교회.

자전거포 다음 좁은 골목으로 들어가보면
담 너머로 가지 슬쩍 넘겨 손 닿을 높이에

큰 단감 여덟 개를 익히고 있는 집,
　오가며 황금 덩이 보며 즐기는 골목 사람들,
　문틈으로 들여다본 그 집 미니 뜰, 코끝 싸할 가을
꽃들.

　사람들 바삐 오가지만
　시간은 가다 서다, 가다 뒤돌아보다 하는 곳.

　현충원엔 있으나 이 동네에 없는 건
　은행나무, 소나무, 참나무, 맑은 공기,
　큰 돌로 쳐서 나무들의 혼을 빼
　은행알 와르르 쏟게 하는 사람들.
　가만, 고개 돌리지 말게.
　'우리'의 부재(不在)를 모르고
　저녁 빛에 불타듯 환해진 덤불과
　마음 저물지 말라고 밝게 지저귀는 새소리.

봄은 역시 봄

아파트 후문 쪽 화단의 산수유
드문드문 피다 말다
경비실 앞 느티 둥지에 새로 이사 온 까치 식구들
땅 쪼며 비실비실 걷다 말다
지난주 강화에서 만난 청둥오리들
눈치 보듯 성글게 저수지 오르내리다 말다
아직 몸살 채 벗지 못했군, 지구!

지난겨울 겹 추위에 후두염 들락날락할 때
이 추위는 지구의 몸살 때문이다, 하며
민감해진 몸 달래곤 했지.
허나 그 지구 한 귀퉁이에 백목련들 촛대 해 달기
시작하자
몸이 먼저 바깥 동정을 살피고 있지 않은가?

어수선해도 봄은 역시 봄, 학수 약수터 오르는 오
솔길,
이게 몇 년 만이지! 까투리 하나 퍼뜩 왼편 덤불에

나타나

　오른편 덤불로 건너뛴다. 뒤따라 장끼가

　내 쪽으론 눈도 주지 않고 늠름하게 건넌다.

　봄은 역시 봄! 걸음 멈추고

　길 양옆에서 늦었다고 서둘러 꽃망울 맺는 진달래

에게

　정신없이 꽃망울 터트리기 시작하는 개나리에게

　마음 전한다. 지각은 기왕사 지각, 한숨 더 푹 자고

　이제 일어나볼까, 기지개 켜고,

　축제 순서 나붙든 말든, 신바람 나게 몸 터트리는

　'물건'들이 되시게.

젊은 시인에게

선배랍시고 한마디 한다면
시에도 시독(詩毒)이 있네.
일단 삼키면
꽃들이 근접 촬영, 근접 촬영! 얼굴 들이밀고
뭇 벌들 일제히 꽁지 구부리고 달려들지,
주위 사물의 범상한 표정들, 홀연히 진해져
시신경 파고드네.
해독제를 찾아 인사동, 몰운대, 해남 땅끝,
지도에서 막 지워지고 있는 강원도 폐광촌을 헤
맸지.
해독제는 중독된 다음에나 찾게 되는 것,
그때는 이미 죽거나 살거나 둘 중 하나네.

입 열었다 하면 늘 아귀 척 들어맞게 말하는 신기
한 사람들
그리고 자주 만나도 도무지 지겹지 않은 비비 꼬
인 사람들과도
허허롭게 만나고 헤어질 수 있다면,

생각의 진실, 오래 남아 소중하고
느낌의 진실, 즉시 사라져 절실하다는 한물간 소
리도
새 물건처럼 들을 수 있다면,
누런 시 가슴에 주렁주렁 매단 시인들 큰길 가게
하고
목에 두른 시구(詩句) 같은 것 모두 풀어버리고
시원하게 '나'도 풀어버리고
시가 아니어도 좋은 시의 세상에
길 트시게.

살다가 어쩌다

천천히 말끝 흐리며 두 팔로 어이없다는 몸짓까지 지어
꼿꼿이 앉아 같이 차 마시던 사람 고개 끄덕이게 한 날
말들이 정신없이 뻥 튀겨진 날
썰물이 조개 숨은 곳 게의 집 문턱까지 모두 다 드러내는
강화 개펄로 달려간다.
구름 떠 있고
물결은 저만치서 혼자 치고 있다.

하늘과 바다와 개펄이 손을 놓고 있는 곳
신발과 양말 벗어들고 맨발로 걷는다.
배 하나 천천히 다가오다 그냥 지나친다.
누군가 속에서 앓는 소리를 낸다.
앓는 소리는 아픔의 거품,
게처럼 거품을 뱉어내야 할까!
갈매기 수를 센다.

헷갈려 다시 센다.
바다가 몸을 한 번 뒤척인다.
아파하는 구름은 없다.

펄 한가운데 하릴없이 서 있는 사람이 수상한지
게 한 마리 가다 말고 긴 눈 세워 눈알들을 굴린다.
소라 껍질을 덮어쓴 그보다 작은 게는 바삐 지나
간다.
저녁 햇빛 속속들이 스며드는 개펄
양손에 신발 든 이상한 형상 하나
정수리에서 발바닥까지 철심 박혀 서 있다.

그때 그 고민

─2012년 8월 2일 밤 합천군 문학축제.
내 짧은 문학 강연이 끼었지만,
군수, 군의회의장, 교육장, 합천 연호사 주지들이 포함된
인사 11명의 애송시 낭송으로 이뤄졌다.
주최자 문학회장 손국복 선생 자신은 낭송에 끼지 않았다.
아름다운 사람들, 그들은 내 녹슨 마음을 새로 닦게 했다.

주먹을 쥐었다 폈다 하며 줄담배 피던 시절이 있
었지.
요새 문인들은 도대체 고민이 없어!
연탄불에 구워진 명태 가슴 뜯으며 막걸리 잔 탁
부딪치며
'뜯길 가슴이 있어 문학이다!'

고민이 설익은 술을 배 속에서 둔주곡처럼 돌려
익게 했던가?
외상 눈금들을 흐릿하게 지워줬던가?
이번 폭염에 더위 먹어 열 38도 2분, 어릿어릿한
머리로

사흘 전 별 없는 흐린 하늘 아래 땅의 별 4백 채가

밤 이슥해질 때까지 자리 뜨지 않고 자리 지킨 문학축제에서

정지용과 윤동주 들의 아름다운 시를 정성들여 낭송한

합천군의 열한 분을 생각했다,

연습하며 때 밝게 씻겼을 그들의 성대(聲帶)를 생각했다,

이튿날 새벽 황강댐 옆 관광농원

한없이 올라오던 서늘한 땅 기운을 생각했다,

엉거주춤 일어나 거실에 나가 발코니의 꽃들이 더위를

말없이 참고 있는 걸 물끄러미 보다가,

너 지금 무얼 하고 있지?

에 생각이 미치자 나도 모르게 혼잣말을 했다.

그때 고민, 가상현실 고민은 아니었어. 사방 캄캄할 때

기다렸다는 듯 불빛 올리던 등대였지.

그마저 없었다면 가로등 턱없이 모자라

밤이면 술집 골목에서 마음 놓고 쉬하던 시절

세상이 얼마나 더 허접스러웠을 것인가?

그래, 그 등대 지금도 마음 한구석에 용케 살아남아

남은 나이테마저 터질세라 숨죽이고 삐걱대는 나
무 층계 올라가

촌스럽게 '지금 이 삶 어디까지가 내 삶이지?' 물
으며

반사경에 눌어붙은 녹 새로 뜨게 하지 않는가!

겨울날 오후 4시, 뻥 뚫린

흰 칠도 제대로 못 하는 어린 자작나무 서넛 앞에
꽂아놓고
누런 잎 그대로 달고 있는 떡갈나무들의 언덕이
입 크게 벌리고 겨울이 왔다.
입구에서 눈인사 주고받던 검회색 얼굴 바위
오늘따라 알은체를 않는다.
몇 발 앞서 고양이 한 마리 발을 절며 올라가다
금시 보이지 않는
인기척 하나 없이 그냥 뻥 뚫린 오후 4시 산책길
언덕.

바람 한 점 없는 힘없는 햇빛 속
백지 처방전처럼 주위에 아무것도 없다.
언덕이 왼편으로 꺾이는 곳에서 이거 누구야?
하며 가시 돋친 팔 슬쩍 내밀곤 하던
아카시아가 팔 잘리고 몸도 베어져 누워 있다.
미래 속에 던져진 누군가의 모습?
허리 굽혀 조금 편안하게 눕혀주었다.

꿈
— 조신(調信)의 노래

헐거워진 텐트 플랩(flap)처럼 펄럭이는 꿈에서
깨어났다.
구름을 좇던 바람 같았건
보(洑)에서 넘쳐버린 물 같았건
꿈은 꿈,
꿈은 삶의 무엇을 위한 준비였을까?
한번 지나가면 이룬 일, 못 이룬 일,
모두 뒷모습만 보이며 가는 삶의 그 무엇을 위한?
꿈속에서 만난 것은 평생 두고 지은 사랑과
그 사랑의 가차 없는 허물어짐.
허물어진 사랑이 그런 일 없던 사랑보다 더 깊은
지 아닌지는
잘 모르겠다. 깊이를 헤아리기 위해
허물어진 것 다시 허물어볼 수는 없는 노릇.
다만 꿈 깨어 산에 올라가 절을 짓든
절을 헐든
꿈에서 깬 삶이 적어도 꿈의 삶만큼
허허롭기를 빌 뿐이다.

마음보다 눈을

내 마음은 저 붉고 둥근 해 넘어가기 직전,
아직 빛이 남아 있는 하늘 한 조각을
돌돌 말아 몸속에 간직하고 싶다.
이 빛마저 사라지면
지난해보다 전깃불 두 배로 켜야 하는
덜 어둠으로 더 어둠을 밝히는 밤이 오리라.
허나 조금 전 신문에서 글자 하나 잘못 읽고
이름 제대로 달고 다녀! 내뱉은
내 속의 어둠이 더 컴컴하다.
방금 발 헛디뎌 휘청거린 저 보도블록 파인 자리도
내 속보다는 덜 파였다.

47년 만이라는 추위 속에서
카페인 파내버린 커피 사러 슈퍼에 가면서
누군가 촌스럽게 한참 투덜댔다.
그가 파인 보도블록을 슬쩍 피하자
다른 누군가가 다독였다.
'마음보다는 그래도 눈을 믿게.'

사는 노릇?

유채꽃인가, 다시 보니 배추꽃이었다.
밭둑에 혼자 피어 있었다.
어디선가 노랑나비 하나 날아와
시계 방향으로 한 번 돌다 말고
슬그머니 꽃에 내려앉는 순간
꽃대가 삼각형 사마귀의 얼굴 되어 덮쳤다.
날개 몇 번 펄럭이다 말고
나비가 가슴을 연 채 먹히고 있다.
오밀조밀 먹히고 있다.
날개 한쪽이 슬그머니 떨어져 나와
배춧잎에 얹혔다. 푸른 바탕에 돋을새김 진노랑,
잎이 흔들거려도 그대로 붙어 있다.
나비가 남긴 이름표?

나비건 사람이건
흔적 남기는 게 사는 노릇?

50여 년 전 한여름 논산 훈련소,

둘째 날 밤 군모 도둑맞고 되게 기합 받고
머리 위에 회색 망이 씌워지고
한낮이 어두웠다. 그런 어느 날
나무판 벌어진 틈새로 언뜻언뜻 밖이 보이던 화
장실
칸막이에 수없이 쓰고 지운 낙서 위로
도, 군, 면, 리까지 칼끝으로 새겨논
한 인간의 주소와 이름 끝에 '왔다 갑니다'.
순간 머리 위 회색 망이 훌러덩 벗겨졌다.
그래, 바닥부터 사는 거다.
하늘엔 누런 해 타고 사방에 그득한 누런 먼지
젊은 사내들이 숨 막히게 모여 숨 쉬는 곳!
고개 끄덕였던가, 훈병 황모?

달 없는 달밤

오랜만에 볼펜 붙들고 앉아
  칠레로 날아가 소식 끊겼던 옛 친구의 손으로 쓴
편지,
  서울서 모시고 가
  술 들 때마다 온 감각으로 쓰다듬던 백자 술병
  며칠 전 지진 때 책장 위에서 떨어져 조각나고
  지금은 마침 술맛 좋을 늦봄 달밤인데
  혀가 깔깔하다는 소식, 볼펜 답장 쓰다 내다보니
  저녁이 오다 말고 벌써 어둠이다.

  편지 밀쳐두고 발코니로 나간다.
  늦가을 밤, 8층 아래 가로등 하나 숨죽이고 있는
  주차장 건너 축대 위에
  며칠 전까지 색색으로 불타는 잎 두르고 있던 나무,
  잎 다 털고 게 발톱 가지를 해 단 정교한 조형물로
서 있다.
  달 대신 가로등 불빛! 송나라 화가 마원(馬遠)의
  달 뵈지 않는 '달과 마주 보다'를 만나는 밤,

8층은 됨 직한 절벽 위에 술병 안고 동자 하염없이 서 있다.

천 년 동안 자기를 쳐다보는 고사(高士)가 지겨워진 달

색 바랬는지 뵈지 않는다.

빛만 남기고 슬쩍 자리 떴겠지.

8층 높이지만 나는 고사가 아니다. 술병 들릴 동자도 없다.

주차장 차들이 불 끄고 엎드린 귀여운 사슴벌레들 같은데

더 쪼그만 벌레 하나가 벌레 속에 들어가 불을 켜고 빠져나간다.

목젖에 심심찮게 기별이 온다.

술하고 달하고 질탕하게 노시다 간 이백(李白)보다 10년 하고도 10년의 반 이상 더 세상에 살아남아 달 없이도 달을 즐기는 능구렁이 되었구나.

방에 돌아와 편지를 잇는다.

방금 칠레산 와인 한 병 땄다.

대륙의 진동에 마음 산란해진 달일랑 혼자 가게
내버려두고

백자 주병보다 혀가 천 배 만 배 중요하지! 혀 살
살 달래

지신(地神)밟기 술 한잔 같이 드세.

잔물결들

제주 동남쪽, 외갈매기 덜 울어 덜 적적하고
걸어가면 해조(海藻) 냄새만 조금씩 바뀌는 곳.
큰길 아니고 '올레길'도 아닌
바다 쪽 벼랑 위로 섬쥐똥나무들 촘촘히 한 줄로
상반신 내밀고 있는 길.
혼자 걷는 발걸음 절로 느려지고
생각의 속도 줄어드니
풍경들도 가다 서다 하는 곳.

돌부리 차며 언뜻 뒤돌아보니
오래전에 인사 나누고 잊은 명사(名詞) 같은 사내 하나
무언가 흥얼대며 뒤따라온다.
걸음 멈추고 바다를 보면 그도 서서 바다를 본다.
수면 가득 앞서거니 뒤서거니 달려와 스러지는 잔물결들.
내가 발을 떼자 그도 움직인다.
이거 뒤를 밟는 거 아냐?

굽은 길 돌다 걸음 멈추고
쥐똥나무 머리를 쓰다듬는다.
등 뒤로 그림자처럼 그가 천천히 지나가고
어깨 한번 으쓱, 거리 두고 내가 뒤따른다.
그가 서자 나도 선다.

다음번 굽은 길을 돌며
허리 굽혀 쥐똥나무에 얼굴을 대고
무언가 속삭이고 있는 그를 조심히 지나친다.
생각난 듯 괭이갈매기가 울고
해조 냄새가 바뀌고
바다가 쥐똥나무 울타리를 걷어버린다.
저 앞에 천천히 혼자 가는 사람 또 하나!
그가 서자 나도 선다. 저도 모르게 몸에 돋는 소름.
가거니 서거니 자리 바꾸거니
그래, 건드리면 간지럽게 잦아들 잔물결들!

섬쥐똥나무들의 혼

아기 손바닥 크기 구름마저 아침 햇살 먼저 바르려 소란스런

남제주 동쪽 하늘에 해 뜨기 직전.

제때 길 나섰군! 해변 벼랑길,

알 수 없는 먼 옛날부터 벼랑 쪽 바위에

멋없이 한 줄로 뿌리박고 서 있는

섬쥐똥나무 길을 걷다가 혼잣말하듯 말했다.

'벼랑에 촘촘히 붙어 기지개 한번 제대로 켜지 못하고

바다가 칭얼대는 소리나 평생 들으며 사는 삶,

그 삶에 매일 불 켜 들어야 하는 혼까지 지겨울 거다.'

길이 휘며

달려온 파도가 벼랑 옆으로 헛발 차며 흐르고

벼랑 쪽에서 누군가 답했다.

'해 뜨면 햇빛 받고 비 내리면 비 맞고

바다가 말하면 귀 기울이고 안 하면 귀 내려놓고

잔뿌리로 서로 만나고 얽히고 풀며
지겹다 안 지겹다, 그런 생각 없이 살고 있수다.'
'사철 한시도 걷히지 않는 이 비린 바다 냄새는?'
'사람 냄새보다 견딜 만하우다.
꽃들이 한 줄로 서서 하얗게 불탈 때 한번 옵서.'

색채들의 소란을 한 몸에 모으며 몸을 드러내는 해,
이때만은 맨눈으로 볼 수 있는 해의 맨몸,
떠오른다, 떠오른다, 아름답고 신선하다.
혼이 어디 나갔지?
쥐똥나무 쪽에서 누군가 혼잣말처럼 중얼댔다.
'혼이라는 거, 그게 어디 따로 있는 거우꽈?
펭생 자기답게 열심히 살면, 그게 그의 혼입주.'

제3부 나폴리 민요

쌍(雙)별

내 탓이오 내 탓이오, 간헐적으로 그리워한
소식 끊겼던 지인에게서
그간에 일 잘 풀렸고
지금 남해안에서 막 유성우(流星雨)를 맞고 있다는
문자가 떴다.

아파트 현관, 휴대폰에서 눈 거두어 밤하늘을 본다.
잔뜩 흐려 있다. 밤 불빛에
겨우내 맨몸으로 말라 있던
현관 앞 나무들의 물관에 물이 오르는 기척,
봄밤이다! 바닷가 횟집에서 막 나와 놀란 듯 서서
여기저기 황금 금 긋고 있는 밤하늘의 나그네들을
황홀히 올려다보는 그가 보인다.

전화 걸까 하다 문자를 보낸다.
'별똥별들은 각기 제 금 긋고 깨끗이 사라지지.
혹시 힐끔힐끔 서로 살피며 내려오는
못난 쌍별은 없던가?'

나폴리 민요

명예교수 휴게실에서 문학의 죽음에 대해
대책 없는 토론을 벌이다 채 끝내지 못하고 나와
(이거 한평생 헛발질한 거 아냐?)
차 시동 걸고 오디오를 켠다.
옛 테너 스테파노가 부르는 나폴리 민요,
순환도로에 오르자 시야 가득 벚꽃 휘날린다.

창을 열고 천천히 차를 몰다 인도에 붙이고
노래 몇 곡을 같이 흥얼댄다.
30년 전
귤꽃 향기 뇌 속까지 밀고 들어와 벌 떼처럼 웅웅
댈 때 만난
나폴리 해안에 와 부딪치던 새파랗게 파란 물결
지금도 몸 저릿저릿하게 치고 있겠지.

노래에 끌린 듯 차 안으로 날아든 꽃잎 두엇
얼굴을 스친다. 나도 모르게 몸이 저릿저릿,
눈 스르르 감기고 정신이 깜빡, 여기가 어디지?

산타 루치아 성당이 올려다뵈는 곳? 허나 눈앞에는
새파란 물결만 출렁인다.
하긴 나폴리가 나폴리에만 있겠는가?
태안군 안흥,
해수욕장 생기기 전 보길도 예송리에서도
새파란 봄 물결 온몸 저릿저릿하게 출렁댔지.
꽃잎 몇이 이번엔 머리와 손등에 앉는다.
그래, 펄럭이던 문학의 불꽃 그만 폴싹 꺼진다면?
문학이 어디 문학에만 있겠는가!

풍경의 풍경

풍경으로 끝나지 않는 풍경이 있다.
그동안 마음속에 들어와 자리 잡았던 대부분 풍
경들
옛 사진처럼 누렇게 바래다
뒤로 제껴진 추억들이 되었다.

입대 조금 전 초여름 저녁
도무지 풀리지 않는 마음의 응어릴 안고
부석사에 올랐지.
저 멀리 지평선 빙 둘러 엎드린 산들,
풀리지 않는 건 풀리지 않아 좋다는 듯 잠잠히 엎
드린 산들,
지척의 범종 소리, 지구를 한 번씩 들었다 놓던.

지금도 마음 어디 둘지 몰라
여기 두리번 저기 두리번델 때
넌지시 눈앞에 뜨곤 한다.
저 멀리 지평선 빙 둘러 잠잠히 엎드린 산들,

범종 뒷울음으로 하늘을 한 겹 또 한 겹 덧칠하던
일몰(日沒)…

　어, 마음 얻다 놨지?

　먼 산 위로 별이 하나 돋는다.

　마음 있던 자리가 종소리 떠나간 자리처럼 넓다.

폴 루이스의 슈베르트를 들으며

태평양전쟁, 유년 시절에 거치고
소년 시절엔 6·25
청년 땐 4·19와 5·16을 맞고 겪으며
매끄러운 삶은 삶이 아니라고 생각했다.
번역 책이 눈에 불을 켜고 보아도 안 보이던 시절
동네에서 혀에 굴려보지 못한 거북한 언어로
조이스, 랭보 또는 만젤스탐을 읽다 말고
언 땅에 얼굴 비빈 적 한두 번인가.
오늘 "뉴욕타임스"에서 랭보가
지금도 한참 외진 에티오피아 하라르 시(市)에 가서
모기와 열병에 시달리며 무기를 팔다
죽을병 얻은 기사를 읽고 잔잔하게 흥분한다.
그래, 죽을병을 얻으려면 거기쯤은 가야지!

슈베르트의 마지막 피아노 소나타 첫 악장,
죽음의 집 현관에 한 발 들여논 그의 귀에는
먼 우레 소리가 저음 트릴쯤으로 들렸겠지.
브렌델을 비롯한 여러 피아니스트들은

때로는 연주의 흐름까지 늦춰가며
저음 트릴을 우레 소리로 환원시키려 했지.

어쩌지, 폴 루이스는
아예 우레가 없는 것처럼 연주한다.
귀 기울인다. 온갖 고음으로 시끌벅적해진 세상을
향해
그의 매끈한 저음 트릴은 속삭인다.
동화처럼 순진한 행운이 지평선 어디선가 우레처럼
그대를 기다리고 있다는 생각 여태 지니고 계신가?
바깥세상이 마냥 우르릉우르릉댈 때
그 소리 실 잣듯 자아 느낌의 실패에 감을 수 있
다면,
고개 기울이고 달리는 지구, 고개 끄덕이지 않을까,
행운을 기다리지만 않아도 지독한 행운이라고.

(2015. 2. 27.)

기억의 집에서 나오다

분홍빛 속살 내비치는 커다란 구름 덩어리들 같던
현충원 산벚꽃 무너지고
산딸나무 하얀 꽃구름들도 무너졌다.
나무 꽃들 자리 뜬 서달산 능선 길을 걸으면
봄의 울타리가 한껏 낮아져
저건 민들레 이건 제비꽃, 발밑이 아기자기해진다.

가만, 저건 무슨 새지?
노랫소리 귀에 맴도는데 이름이 없다.
여기엔 이름 모를 하얀 꽃 한 무리가 피어 있군.
키 작고 꽃이파리 조금 산만하지만
가을 쑥부쟁이 닮은 봄꽃, 이름 가물가물.
아 저기에도 이름 사라진 노란 꽃.
머릿속이 캄캄해진다.
내가 드디어 기억의 집에서 나오나 보다.

이러다간 이 세상에서 같이 산 꽃 이름 몇마저
제대로 담지 못한 머리를 들고

저세상 불 앞에 서게 되는 게 아닐까?

그러나 꽃들이여, 새들이여, 저세상에는
기억이 더 아픈 자들도 서성댈 것이다.
그대들, 이름 같은 데 신경 쓰지 말고
제 생김새, 제 색깔, 제 꿈들을 가지고
기억의 집 들락날락하며 살다들 가시게.

미래 더듬기

제대로 못 읽기 십상인 사람의 마음 읽는 일
그 일 마감하기 직전
살살 달래야 오디오도 음악을 들려주는 낡은 차를
끌고
서해안 펄에 가자.

어느 펄도 좋다,
썰물 타고 멀리 달아나다
너무 나갔나, 뒤돌아보는 바다가 있고
그 바다에 섬 한둘 떠 있는 곳이면.
일부러 발을 가져다 대도 용케 피하는 게들처럼
두 눈을 이리저리 돌리며 걷자.

크고 작은 목선 몇 척
대충 바다 쪽으로 직각이 되게
하나는 삐딱한 각도로 펄에 올려져 있다.
언젠가 다 제 갈 길 가겠지.
삐딱한 배, 되게 찢긴 페인트 살갗에 신경 안 쓰는

걸 보면
　저 할 일 다 끝낸 배 같다.
　천천히 삭다가 어느 날
　있던 자리 깨끗이 비우는 삶도 있으리라.

　넘어가기 직전 해가 앞 섬의 바위 우듬지를
　꽃봉오리처럼 어루만지고 있다.
　주변 하늘이 자신을 꽃봉오리 색깔로 물들인다.
　그 색깔 펄에 내리자 하늘이 검붉은 펄빛 두르기
시작하고
　하얀 바닷새들이 날아든다.
　하늘과 땅이 설레며 서로 때깔을 섞을 때
　제대로 뜬 배 밑동과 삐딱한 배 밑동을 같이 어루
만시는
　금빛 물과 함께 돌아오리라.

일 없는 날

아침에 깨어 머리를 이리저리 굴려봐도
할 일 하나도 떠오르지 않는 날,
다시 차근차근 되짚어보다
그래 오늘 하루, 아무 일 없이 보내자.

느지막이 나온 산책길, 언덕 초입부터
나무들이 붉은색 노란색 옷 갈아입기 바쁘고
다 갈아입은 나무들은
일 다 마친 존자(尊者)들처럼 서 있다.
먼 길 함께 떠날 일행을 놓쳤는가,
검은 나비 하나 두리번거리며 날아다닌다.
잎을 떨구기 시작하는 몇몇 존자들
투덜대며 떨어지는 나뭇잎은 없다.

길섶에 그동안 뵈지 않던 노박덩굴이 나타나
이것 좀 보시게!
빨간 루비 알알이 박힌 줄기 몇을 내놓는다.

한 줄기 잘라갈까, 허리 굽히자

잠깐, 루비들 곁에 청설모 하나 스틸 사진처럼 꼼짝 않고 서서

조그맣고 까맣고 한없이 투명한 눈으로

내 두 눈을 빨아들인다. 눈앞에서 시야가 잘린다.

사방 투명한데 앞이 없어졌다.

오늘이 혹시 내가 세상 뜬 다음 날인가?

함백산

그 훤칠하고 음흉한 산들 다 어디 가고
이즈음 꿈에 자주 나타나는 산,
함백산.
왜 그러지?

몇 해 전 만항재 찻집에서 둥굴레차 두 잔 마시고,
두 잔째는 탁자 비닐보 위에 조금 흘려
서툴게 산 모양을 만들고,
굽이마다 바뀌는 가을꽃을 양옆에 세우며
빙빙 돌아 올랐던 산.
저 멀리 천천히 모습 드러내던 분위기 독특한 민
둥산,
가까이 가보면
은빛으로 빛나는 억새로 온통 등과 어깨를 덮었
겠지.

바로 가을 이맘때였어.
올라보니 새파란 하늘 아래

생김새 뛰어나거나 높이에 비해 장엄하지도 않은
그저 수수한 산.
돌길 타고 내려오다 고사목들 곁에서
되올려다보긴 했지만
다시 돌아보지 않아도 그만인 산.
그래서였나, 꿈에까지 나타나
나에게 그렇게 살자고 충동이는 산.

나의 동사(動詞)들

그림자 자꾸 길어지자
나무들이 앞서거니 뒤서거니 잎들을 떨구고
뼈들을 드러낸다.
부챗살처럼 잘빠진 뼈, 고집 세게 몸을 뒤튼 뼈
무엇엔가 부러졌다 되붙은 뼈.

몇 차례 눈발이 날리고
생각날 때마다 나무들은
거추장스럽다는 듯 뼈에 얹힌 눈을 턴다.
자세 흩트리지 않고 눈 터는 모습,
과연 나무들답군!

올 들어 가장 춥다는 날
오랜만에 허브차를 마시며
생각이 조금 따뜻해지기를 기다린다.
그동안 나와 함께 살아온 동사들, 그중에도
떨구다 드러내다 털다의 관절들 아직 쓸 만하다.
왜 이들을 녹슨 자전거처럼

어두운 층계참에 묶어뒀지?

미루던 혈압약 사러 나갈까 말까 저울질하다
현관을 나서자 확 달려드는 한기
두 귀가 먹먹, 옷깃을 여민다.
가만, 현관 앞 나무들은 잔뼈들까지 모두 드러낸 채
추위를, 추위보다 더한 무감각을 견디고 있다.
앞으로 나는 무엇을 더 *떨구거나 드러내야*
점차 더 무감각해지는 삶의 표정을 견뎌낼 수 있
을까?

마음 어두운 밤을 위하여

세상 사는 일, 봄비 촉촉이 내리는 꽃밭이기도 하고
피톤치드 힘차게 내뿜는 여름 숲이기도 하지만
모르는 새 밝아지는 단풍 길
나무들이 따뜻이 솜옷 껴입는 설경이기도 하지만
간판 네온사인 앞쪽 반 토막만 켜 있는
눈 내리는 폐광촌의 술집이기도 하다.

방 한쪽만 밝히는 형광등 불빛 아래
도토리묵 한 접시와 반쯤 빈 소주병
그리고 술잔 하나 달랑 놓고 앉아 있는 사내,
창밖에 눈 내리는 기척
그 너머론 신경 쓰지 않는다.
눈바람에 꼬리가 언 채 들려오는 밤기차 소리,
영월로 나갈 차인가
아니면 이 거리에 코 박고 잘 차인가,
이래도 좋고 저래도 그만인 소리엔
마음을 얹지 않는다.

들짐승이 달려와 등 비벼대듯 문짝 덜컹덜컹 흔들
던 눈바람

언제 그랬냐는 듯 잠잠해지고

가까이서 뉘 집 갠가 혼자 한참 컹컹 짖다 만다.

형광등이 슬그머니 꺼졌다가 다시 단출한 술상을
내놓는다.

이 세상에서 마지막까지 떨치기 힘든 것은

이런 뜻 없는 것들!

허리를 바로 세우며 사내는 혼잣말로 중얼거린다.

그래도 세상의 꼼수가 안 통하는 게

바로 이 저체온(低體溫) 슬픔, 이런 뜻 없는 것들
이 아닐까.

반짝이고 만 시간의 조각들

나도 모르게 왈칵 가슴에 안겨졌던 벅찬 젊음은
어디 주체 못 하고 마냥 안고 떠돌기도 한 젊음은
품에 안았던 느낌마저 내놓고 가더라도,
겨울 오후 햇빛, 건물 내부를 온통 눈부신 빛으로
만들어
나도 빛의 일부인 양 황홀히 녹았던 시에나 대성
당 추억 같은 것도
자진해서 반납하고 가더라도,
별 볼 일 없이 반짝대다 마는 삶의 사금파리들까지
치우고 가라고는 않겠지.

희부연 봄 하늘에 약간 서쪽으로 기운 해
노란 유채꽃밭에 노랑나비 흰나비들 모이고
꼬리 긴 오목눈이 한 떼 약속한 듯 한꺼번에 와르
르 날아오르는,
기차는 뵈지 않지만 철길이 알맞은 곡선으로 휘
돌고
젊은 남녀가 손잡고 철길을 걷다

둑 아래로 감쪽같이 사라지는,
부는 듯 안 부는 듯 산들바람 속에
날벌레들 공중에 박힌 조그만 눈들처럼 떠 있는⋯

여기 어디에 빗자루를 대겠는가?

귀가(歸家)

세상 하직하게 되어
119에 실려 곧장 병원 중환자실로 옮겨진 후
내가 살던 곳 다시 찾아오리라 생각진 않겠지.

소파 낡고 방바닥도 낡고 오디오 소리마저 낡아버
린 아파트에
　무얼 다시 듣고 보러 힘들여 오겠는가?
　동(棟) 입구, 최근 너무 무성해 가위질을 해서
　동네 냄새 다 된 박하 냄새 일부러 맡아보러 오겠
는가?
　책장 여닫이 칸에 넣고 잊어버린 위스키가 생각나
　이미 다 알고 있는 맛 다시 점검하러 오겠는가?
　그렇다고 쓰다 쓰다 힘이 달려 남겨둔 글 조각들
　힘 더 새버린 손으로 엮으러 오겠는가?
　이도 저도 아니면 지금 병원에 가 있을 아내가
　과일 썰다 황급히 자리 뜬 접시 위의
　약간 문드러진 사과와 배 냄새 맡으러 오겠는가?

가만, 내가 지금 서성대는 여기는 어디지?

강원랜드 버스 터미널에서

개장날 강원랜드에 입장
그날까지의 세속 일, 후 불듯 날려버리고
10년 넘게 하루하루를 구름 속에 노닐듯 산다는
한판 잡은 자가 건네주는 개평도 즉석에 걸어 날
린다는
신선 다 된 꾼도 몇 있다지만,
몰고 온 차 저당 잡힌 돈마저 털리고 셔틀버스에
실려 와
자욱한 안개비 속에 도망치듯 버스 타고 돌아가는
사람,
그는 나 마냥 땅거죽에서 헤어나지 못하는 사람.

간밤에 강원랜드에서 멀지 않은 펜션에서 자며
20년 전인가 두 차례 초대받은
작가 홍상화의 환상적인 무창포 별장에서
바다 쪽을 온통 통유리 몇 장으로 두른 창에
그냥 보내기 아까운 노을이 머뭇대는 것도 뒷전으
로 한 채
포커에 매진하는 꿈을 꾸지 않았던가?

촉이 팍 찍혀 올인 한 판 어떻게 됐지?

홍상화가 풀하우스를 깔며 판을 쓸어 담았지.

돈이건 친구건 털려봐야 삶의 속내를 알게 된다는
말씀

자욱이 내리는 저 안개비처럼 아스팔트나 적시게
하자.

지금 이곳처럼 미세한 안개비 알갱이들이

송곳처럼 인간의 목덜미를 찌르는 곳 어디 있겠
는가?

도박 안 한 것 천만다행이라 흐뭇해하는 좀스러운
나는 어떡하지?

사방에 안개비 가득해 어디 잘 보이는 데 세워둘
수도 없는데.

삶의 본때

어머님, 백 세 가까이 곁에 계시다 아버님 옆에 가
묻히시고
김치수, 오래 누워 앓다 경기도 변두리로 가 잠
들고
아내, 벼르고 벼르다 동창들과 제주도에 갔다.
늦설거지 끝내고
구닥다리 가방처럼 혼자 던져져 있는 가을밤,
베토벤의 마지막 4중주가 끝난다.
창을 열고 내다보니 달도 없다.
마른 잎이 허공에 몸 던지는 기척뿐, 소리도 없다.

외로움과 아예 연 끊고 살지 못할 바엔
외로움에게 덜미 잡히지 않게 몇 발짝 앞서 걷거나
뒷골목으로 샐 수 있게 몇 걸음 뒤져 걷진 말자고
다짐하며 살아왔것다.

창밖으로 금 간 클랙슨 소리 하나 길게 지나가고
오토바이 하나 다급하게 달려가고

늦가을 밤 치고도 투명하게 고즈넉한 밤.

별말 없이 고개 기울이고 돌고 있는 지구 한 귀퉁이에
아무렇게나 처박혔다 가리라는 느낌에 맥이 확 풀리거나
나이 생각지 않고 친구들이 막무가내로 세상 뜰 때
책장에서 꺼내 손바닥 따갑게 때리던 접이부채를 꺼내
이번에는 가슴을 되게 친다.
외로움과 외로움의 피붙이들 다 나오시라!

무엇이 건드려졌지? 창밖에 달려 있는 잎새들의 낌새에
간신히 귀 붙이고 있던 마음의 밑동이 빠지고
등뼈 느낌으로 마음에 박혀 있던 삶의 본때가
몸 숨기다 들킨 짐승 소리를 낸다.

한창 때 원고와 편지를 몽땅 난로에 집어넣고 태운
외로움과 구별 안 되는 그리움과 맞닥뜨렸을 때
나온 소리,
'구별 안 될 땐 외로움으로 그리움을 물리친다!'
몸에 불이 댕겨진 글씨들이 난로 속을 뛰어다니다
자신들을 없는 것으로 바꾸며 낸 소리.

무릎

피딱지 덕지덕지 붙었다 흠집 남기며 떨어지던 비탈이었는데
미끄럼틀이었다.
평발 때문인지 어린 시절부터 유난히 무릎을 많이 다쳐
두 무르팍 가득 문신됐던 상처와 흠집 들이
오늘 목욕하다 우연히 살펴보니 말끔히 지워지고 없었다.
상처 입을 일 재치 있게 피하며 살진 않았는데.

나이를 보니 앞으로 더 이상 무릎 꿇을 일 없겠다는
경계 해제 통보인가?
간담 서늘할 새 상처 곧 들이닥칠 마당 미리 쓸어 놨다는
위험 경보인가?

통보든 경보든 달리 손쓸 도리 없지만
잠깐, '나'에게 말하고 싶다. 상처 많은 삶이라도

애써 별일 아닌 듯 상처들을 살다 가게 했다.

이젠 내보일 만한 상처 하나 흠집 하나 남아 있지
않다고?

두 손으로 무릎을 탁 치게.

성자(聖者)의 설교

유난히 길숨한 불타의 귀가
새들이 재잘대고 있는 덤불로 갔다.
붉고 파랗고 흰 꽃들이 다투어 피고 있었다.
포롱포롱 저 녀석은 재잘재잘들을
헤쳐 모여, 헤쳐 모여! 하고 있군.
아기 새 잃었나, 자꾸 뒤로 처지는 새들,
줄 잘못 섰는지 우왕좌왕하는 새들,
그리고 이따금 이들을 따라다니며
머리 쪼아대는 새들.
예수 쪽으로 몸을 돌리며 불타가 물었다.
'아시시의 프란체스코가 새들에게 설교할 때
인간의 말로 했는가, 새들의 말로 했는가?'
새소리에 귀를 준 채 예수가 답했다.
'성자의 말로 했겠지.'
'성자는 오래 참고 살다 세상 뜬 후에야 되는 줄
아는데.'
'사방에 꽃 필 때 제 줄 찾지도 못하는 새들 앞에서
성자가 시성식(諡聖式) 같은 데 신경 썼겠는가?'

이즈음 새들

새들에게도 '리먼 사태' 같은 게 있었던 것 같아.
아파트 경비실 앞 느티나무에 해 걸러 짓고 헐고
짓는 둥지에
몇 해 동안 몇 종류 새들이 번갈아 들어도
그냥 재재거릴 뿐 전처럼 마음 놓고 우는 새는 없어.

새들도 마이너스 통장 들고
속 자갈 드러난 개울 같은 냉소주의자가 되었는가?
정색하고 가톨릭식 묵상(黙想)에 빠져들고 있는가?
이러다 혹 내 생애 채 가기 전에 아파트 벽에 붙어
앉아
정신없이 면벽하는 새가 나타나지는 않을까?
새들이 새답게 살려는 곳, 그런 곳 사라지고 있으니
화두는 없을 무(無)로다.

사정 들어보고 예수가 말했다.
'이 화자는 언제부터인가 제가 당한 일을
열심히 새들에게 시키고 있군.'

불타: '무 좋지. 허나
앞 가릴 벽마저 없는 막막한 면벽, 이게 없을 무지.'

양평에 가서

지난 40년 동안 아파트를 전전하며
별들과 멀어졌다.
휘황한 도시 불빛에 밤하늘이 제대로 떠지지도 않
지만
그래도 불빛 적이 가시는 늦밤엔 틀림없이 빛나던
별들,
일 밀려 밤늦어 돌아올 때
간혹 글썽이는 눈에 별이 담겨도
별을 건져내고 엘리베이터를 탔다.

이번 겨울 문지 젊은이들과 양평 가서 밤하늘과
다시 만났다.
펜션 마당에 젊은 천문학도 김지현이 세워논
목성의 달을 끈질기게 넷이나 찾아낸 갈릴레오의
것보다
배 이상 큰 5인치 망원경.
허나 크고 작은 달 60개 넘게 돈다는 목성에서
갈릴레오보다도 하나 모자라는 셋만 건졌다.

거죽에 엄청 큰 폭풍
지난 3백 년간 쉬지 않고 소용돌이치고 있다지만
망원경 속에선 나주 배처럼 얌전한 목성.

망원경에서 눈을 떼고 밤하늘을 노래하는 마음으로
겨울밤의 으뜸 성좌 사변형 오리온과
왼편 위 모서리의 알파별 베텔게우스를 찾았다.
430광년 떨어진 별, 4백 년 전쯤 폭발해 흔적 없이
사라지고
지금은 별빛만 남은 별일지도 모르지요, 김지현이
말했다.
태양계로 치면 방금 본 망원경 속 목성 궤도까지
부풀었던 거창한 별이
어느 날 감쪽같이 사라진 오리온 성좌를 눈앞에
그려본다.
한 모서리를 과감히 여백으로 처리한 새 오리온,
쿨 하겠다.
혹시 40년 정든 '문지 모임'의 최연장자 '나'도

별빛만 남기고 이미 사라진 별은 아닐까?

이즘 와서 밤이 들어 캄캄해진 한참 후까지

아무 생각 없이 불빛도 없이 혼자 방에 앉아 있기
도 하는데.

옛 안경 끼고 운전하기

조금 전 벗어논 안경을 찾아

컴퓨터 테이블, 전화기 앞, 세면대 주변을 뒤지듯

살펴보았다.

이즘 내가 하는 일이란 도통 이 모양, 당장 차를

몰아야 하는데.

소파 탁자에도 없다.

괜히 책장을 열어보고 식탁에도 가보았다.

없다.

안 보이는 휴대폰처럼 전화 걸어

나 여기 있지, 울리게 할 수 있다면!

차 글러브박스에 오랫동안 방치해뒀던

도수 틀리는 옛 안경을 닦아 끼고

조심조심 길을 나선다.

큰길 입구에서 전처럼 논스톱으로 슬쩍 우회전하

려다

순간을 놓치고 선다.

약간 흐릿해진 사람들이 띄엄띄엄 길 다 건너도록

기다린다. 마지막 여자가 다리를 절며 서두르다
무언가 떨어트린다.
차창을 반쯤 열고, '장갑 떨어졌습니다.'
뒤차가 경적을 길게 울린다. 안 가고 뭐 하냐?
그래 알았어. 차를 움직인다.
나도 그런 경적 울리곤 했지.

정화(淨化)된 탑

한자리에서 천년을 어떻게 아무 일 없이 보냈겠
는가?
언젠가 층 하나 슬쩍 빼내 바깥세상으로 내보내고
네 층으로 살고 있는 비인(庇仁) 오층석탑,
처음 두 번 만났을 땐
초가집들과 나무들에 둘러싸여
세월 가는 줄 모르게 지내고 있었다.
조그만 채마밭에서 새들이 뛰노는 것을 보며
장독대 맨드라미들을 다시 세어보고
아이들이 제대로 달리나 살피고 있었다.
탑 앞에서 엎드려 졸다가
누가 다가가면 슬그머니 일어나 자리 내주는 토
종개.
이처럼 이웃과 어울려 사는 탑이 어디 또 있었던가?
햇빛 따라 허리 구부리기도 그늘을 만들기도 하는
나무들이 벗하고 매미가 시원하게 울었다.

세번째 만났을 때

정화된 탑!

둘러싸고 있던 집들과 나무들이 시간 밖으로 내보
내지고

휑한 공간이 만들어져 있었다.

옮겨 심겨 받침목들로 깁스한 나무들이

인부들이 뿌리는 물을 어수선하게 맞고 있었다.

새 한 마리 매미 소리 하나 없는

그래, 생소한 역에 잘못 내렸다는 느낌!

마음의 기억보다 몸의 기억이 더 돋을새김이었
던가?

다음번 비인 지날 때

마음에 탑이 채 떠오르기도 전에

탑 있는 곳을 빼고 차를 몰았다.

그렇다 해도 탑머리에

하얀 낮달 하나쯤 넌지시 올려주고 올걸.

제4부 연옥의 봄

북촌

언젠가 때늦은 순례길에 오르면
북촌에 가리.
안국역 3번 출구로 나와
삼청공원 쪽으로 천천히 걸어 올라가
높은 석축 밑을 파고 금박 글씨로 거창하게 주차
장 지은 집
작은 숲 하나를 온전히 울안에 들여논 대가(大家)
들을 지나
차가 드나들 수 없는 골목으로 빠져들리.
그 언젠가 들어가 기웃거린 골목이면 어떠리.
담 밖에 한 뼘 남은 흙에도 꽃을 심는 곳,
국화들이 환하다.

한 집 대문이 열려 있어 들여다보면
조그만 마당에 나무판자 둘러 겨울 동파를 막은
환갑 훌쩍 넘겼을 수도가 박혀 있고
코스모스와 구절초 모여 선 조그만 꽃밭에 물을
주는지

알맞은 길이로 고무호스가 달려 있다.

닳고 닳은 문지방 너머로 나이 든 삽살이 하나가 다가와

'어떻게 오셨습니까?'

목에 줄만 없었다면 머리 쓰다듬고 같이 들어가

주인과 인사 나누고 잠시 툇마루에 걸터앉아

오가는 생각들을 하나씩 둘씩 뭉개고 싶은 곳.

모르는 새 너와 나가 사라지고

마당과 가을빛만 남는다.

끄트머리 딱히 없을 기다림의 마지막 무렵 같은 곳.

바가텔(Bagatelle)

잔눈 맞고 밟으며 왔다.
어느 결에 눈이 그치고
달도 별도 없는 바닷가
파도도 물소리도 없다.
먼 데서 울던 밤새 소리도 없다.

어둠 속에서 혼자 불빛 비추고 있는 등대
나무 몇만 사는 조그만 섬도 길 잃은 배도 없는
수평선마저 없는 바다를 천천히 훑고 있다.
더 없는 것은 없냐? 반복해 훑고 있다.
가만, 마음에 모여 있던 생각들 다 어디 갔지,
자취 하나 남기지 않고?
순간 가슴 한끝이 짜릿해진다.
이 짜릿함 마음의 어느 함에 넣을까?

미소
— 2015년 4월 7일, 낙양 용문석굴에서, 王家新 시인에게

4월 초순 치고 꽤 쌀쌀한 날 오후
흐린 하늘 아래 잿빛 물 가득 흐르는 이허(伊河)
에는
물새도 없다.
그러나 안에 여러 부처 보살들이 머물고 있는
크기와 모양새가 다른 석굴들을 오르내릴 때
하나의 환한 형상이 내내 따라다녔다.
별 볼 일 없는 건물 몇을 스쳐 가도
생각의 얼개가 바뀌곤 하는데.

이처럼 하나같이 아우라를 지닌 존재들의 모임이
어디 따로 있겠는가?
흐린 빛 속에 앉아 있는 2센티짜리 부처들까지도
자세히 보면 자신만의 표정을 간직하고 있다.
그들의 변함없는 그 무엇이 끈질기게 나와 동행했
는가?

인간이 일부러 내보이거나 숨기거나 할 수 없는 것

인간이 고통이나 환희 속에서 짓는 최후의 것
부처와 보살들은 하나같이 미소를 짓고 있다.
어떤 부처는 두 팔과 무릎이 부서졌어도
미소를 잃지 않고 있다.
바흐의 "B단조 미사"에 흐르는 평화,
고난 속에서 더욱 명징해진 두보의 마지막 시들.
그대와 내가 두보의 고향 궁이(鞏義)에서 만나 서
로 얼싸안았을 때
그대의 등 뒤에서 빙긋 웃던 해, 그 앞에서
인간이 인간임을 잠시 그만둬도 좋은 그런 주문
(呪文) 같은 것.

초행길 빈을 뜨며

바닥에 깔린 돌들 반들반들, 빗물에 빛나는 골목들,
가보진 못하고 혀에서만 맴돈 쇤브룬 궁전,
둘 다 같은 마음으로 이별한다.
너무 검소해서 천장이 더 올려 뵈는
스테판 대성당,
소리 없이 가을비 내리는
긴 퇴적토 섬이 둘로 쪼갠 도나우 강,
벼르고 찾아갔다가 금시 제자리에 두고 온 만남들,
그것으로 족하다.
벨베데레 궁, 클림트와 함께
인간의 황금빛 속마음을 들여다본 곳,
어느 하나에도 못 들러본
열셋이나 된다는 모차르트하우스,
둘 다 한목소리로 노래하리라.
세상의 좋은 것 다 보고 가려는 욕심
거품 좋은 맥주잔 수평으로 기울이듯 비웠다.
　노래의 불빛이 가수의 불빛보다 먼저 스러지기도
한다지만

본 것도 못 본 것도 함께

궂은날 마음에 군불 지피듯 노래하리라.

소리 없이 내리는 가을비

수평으로 환해진 골목들.

(2015. 10. 20.)

마지막 시신경

결혼 초반에만 여섯 곳에 둥지 틀었다.
가는 곳마다 타관.
이번은 그래도 스물여섯 해 눌러앉아
누추하지만 정든 고장 되었다.
짬 날 때마다 올라가 산책하던 윗동네
앞으로 전지(剪枝)당할 모습까지 눈에 뵈던 나무들,
인사 없어도 걸음걸이 낯익던 사람들,
어느 늦가을 저녁 눈 한번 크게 뜨고 만난
텅 빈 뜰에서 혼자 붉은 입술로 노래하던 장미 한
송이,
모두 땅 꽉 차게 올린 콘크리트 빌라들 밑에 깔리
거나
작별 인사도 없이 떠나들 갔구나.

이번엔 아랫동네 전부가 아파트 된다는 소문 나돌
더니
집마다 '공가(空家)' 스프레이가 뿌려졌다.
종이 판자에 이름과 위로 올라가라는 표지만 있던
다락방 교회가 사라지고

담장 너머로 단감들을 황금 덩이처럼 내달던 집은
담장과 벽이 꺼져 내장이 험하게 드러났다.
눈 돌리고 조금 걸으면 만나는
몸에 비해 큰 둥지를 가슴 한가운데 품은 어린 느
티에도
곧 제거된다는 금이 밑동에 그어졌다.

까치 하나가 둥지에서 몸을 세워 밖을 살피고
양옆에 새끼 둘이 고개를 내밀고 있다.
이사할 엄두가 좀체 안 나나 보다.
거슬리면 고개 슬쩍 돌리고 걷는 나의 눈보다
이제 어쩌지! 가슴이 좁다고 마구 뛰는 심장들을
안고
더 볼일 없는 동네 구석구석을 계속 살피는 까치
들의 눈이
이 동네의 마지막 시신경이 아닐까?
이제 단풍의 잎맥처럼 마르다 똑 떨어질
시신경의 어둠을 맛볼 것이다.

꽃 피는 사막
—2016년 2월 24일, "뉴욕타임스"의 사진을 보며

남해안 붉은 동백꽃들 푸른 이파리 젖히고
다투어 싱싱한 얼굴 내민다는데
내 마음에는 역광 속에 오다가다 선인장 서 있는
모래밭만 느는구나, 한탄하다가
작년 10월 느닷없이 큰비 내려 몇 달 동안
스물몇 가지 꽃이 신들린 듯 피고 있는 데스밸리*
사진을 본다.
'자갈밭 유령꽃'**이 허옇게 떠 있는 것도 환상적
이지만
노랑 데이지 닮은 '사막 황금꽃'***들이 사막을
온통 눈부신 꽃 세상으로 만든 것을 보고
생각에 잠긴다.

스무 해 전 차를 몰아 나를 데스밸리로 안내한
속 깊은 LA 문인 석상길씨, 몇 해 전 세상 떴지만,
차 세우고 함께 손으로 가슴 쓸어내리며 만난
바람에 이리저리 옮겨 다니던 모래 둔덕들과
하염없이 널려 있던 해발 마이너스 95m의 모래밭,

기억의 지평선 너머로 물러나 있다가
찬란한 꽃동산이 되어 나타났다.

지구온난화로 가뭄과 홍수가
무작위로 지구촌 여기저기로 옮겨 다닌다 하니
내 마음의 사막에도
느닷없이 큰비 한번 쏟아지지 않을까.
석 선생과 차를 몰다
신들린 듯 꽃피는 마음의 사막에 놀라 차 세우고
다시 한 번 함께 가슴을 쓸어내린다면!
얼마 후 꽃동산 다시 모래밭으로 되돌아간다 해도
느닷없이 눈부신 꽃 한 아름 안았던 마음의 사막,
그 감촉 환하게 찍힌 가슴 어디 가겠는가?

* Death Valley. 미국 캘리포니아 주와 네바다 주 경계에 있는 사
막. 시집 "버클리풍의 사랑 노래"(2000)에서는 '죽음의 골'.
** Gravel Ghost.
*** Desert Gold.

봄비
── 김치수에게

파이프오르간 소리 중간에 끊겼나, 멍하니 빈자리!
너와는 경기도 끝자락에 가서 헤어졌지만
아끼던 사람들이 하나둘 찾아가는 나라,
거기서도 스마트폰 눌러 피자 배달 받을 수 있는가?
스위치 하나로 외로움을 껐다 켰다 할 수도?
밤중에 깨어 방 안을 서성이며 혼자 중얼대는 일
앱 삭제하듯 지워버릴 수도?

네가 손 털고 떠난 이곳,
내장까지 화끈하게 달궈줄 꽃들 다투듯 피어
마음을 한데 머물지 못하게 하기엔 아직 이르지만
우리 몸에 익은 리듬으로 봄비가 내리고 있다.
우산 쓰고 오랜만에 흙이 녹고 있는 변두리 길을
걷는다.
우리 같이 흙냄새 맡으며 걸은 길
섬세한 빗소리 속에 생각이 조금씩 밝아진다.
옆에서 누군가 우산 쓰고 신발에 흙 묻히며
같이 걷고 있는 기척,

감각에 돋는 소름, 치수구나!

어디부터 다시 함께 걸었지?

가만, 간 지 얼마 안 되는 저세상 소식 같은 거

꺼내지 않아도 된다.

너 가고 얼마 동안 나는 생각이 아팠다.

그저 말없이 같이 빗속을 걷자.

봄 길에 막 들어서는 이 세상의 정다운 웅성웅성
속에

둘이 함께 들어 있는 것만으로 그저 흡족타.

초원이 초원을 떠나네

마음 순하게 먹을 때마다
문턱에든 무엇에든 걸려 넘어지게 하는 비범한 세
상에 대해
죽기 아니면 살기, 아프리카 초원처럼
확 터트리거나 두 손 떨며 삼키던 분노,
세월이 세월을 건너며 그런 일쯤, 하기 시작하면
초원이 멀어져간다.

노래하자, 초원! 삶과 죽음이 맨몸으로 만나는 곳.
얼룩말과 사자가 인연인 듯 우연인 듯 만나
죽을힘 다해 달려 따돌리든가
덮쳐 쓰러트리든가
자의식 연민 회한 같은 것이 마음에 채 엉기기 전에
살고 죽는 곳,
그 맨삶을 노래하자.

저녁 하늘을 등지고
어깨까지 뜯겨 머리에만 잎이 남은 아카시아 실루

엣들이

드문드문 서 있다.

앞만 보며 걸어가는 얼룩말과 어린 누

가까이서 사자가 생각에 잠긴 눈으로 바라보고
있다.

장면이 어두워지며 아래편으로 자막이 흐른다.

'초원이 초원을 떠나네.'

이 세상에서

여기 사람 저기도 사람
폐허 뒤로 슬그머니 돌아가 봐도 사람
종로, 명동, 또는 브로드웨이에서
앞만 보며 바삐 걷는 사람
얼굴 찡그려 남을 웃게 하는 사람
공연히 웃어 다시 쳐다보게 하는 사람
거듭거듭 보며 살았다,
아마 한강가에 널린 자갈 수보다 더 많이.

사람처럼 냅다 소리 지르는 원숭이 늑대 또는 사
자를
만의 하나 꼴로 만나기만 했어도 일찍 명퇴하고
멋진 곡선으로 목을 뽑고도 말수 적은
괴로워도 즐거워도 이빨 내놓고
히히힝대다 마는 말들이 모여 사는
종축장 경비가 되지 않았을까?

아니면 식물원?

열대 식물도 온대 식물도 겨울 이끼도
얼굴 찡그리거나 헤프게 웃지 않는다.

이도 저도 아니면
스쿠버 다이빙 장비를 달고 바닷속을 드나들며
세상의 거품 가라앉힐 노래 같은 걸 생각했을까?
수경(水鏡) 앞 수초들 엷은 졸음에 잠겨 있고
좀처럼 표정 바꾸지 않는 해마가 가끔
생각에서 벗어나듯 지나갔을까?

황사(黃砂) 속에서

황사 경보 사흘째,
마스크 쓰고 나온 아침 산책길.
흰색 물감 냅다 덧칠한 그림의 안개 속을 가듯
길만 보며 걷다 숨이 답답해 발을 멈춘다.
언덕 위에 희미하게 웅크리고 있는 짐승들 있어
올라가 보니 생강나무들.

꽃을 피우고 있었다.
보기에도 폐가 답답할 나무들이 순색의 노란 꽃
들을
폐보다 더 답답할 공기 속으로 내보내고 있었다.

청하지 않아도 때 되면 숲들이 신록 펼치고
새들이 와서 푸드덕거리듯,
딱따구리가 새 나무 만나면
더 열나게 쪼아대듯,
몸 안에 삶이 들어 있는 것들은
앞이 안 보이건 숨이 막히건

때 되면 제 아이들을 마스크도 안 씌운 채
가차 없이 밖으로 내보내는구나.
나갈 때 몸속에
숨이라도 가득 담아 갖고 나가거라.

숨 한번 크게 들이쉬고 마스크를 벗는다.
베토벤의 "대(大)둔주곡"보다 더 진득한 대기 속에
달걀노른자 같은 해가 익고 있다.

들리지 않는 신음 소리

나뭇잎들 다 져 담장들 위가 허해진 동네 입구
이즈음 내 마음도 윗부분이 많이 허해졌다.
높은 곳보다는 주로 땅을 살핀다.
메마른 초겨울바람이 나뭇잎 대신 종이쪽지 몇을 급히 쓸며
차 왼편 대각선으로 달려간다.
날리는 종이쪽지들을 흘낏흘낏 좇다가 순간
깨갱, 앞차에 치인 개를 거듭 치는 운전자가 되려다 말고
급정거!
목을 빼고 내다보니 앞차는 그냥 가버리고
몸이 좀 마르고 흑갈색 반점이 있는 개
치인 뒷발을 끌며 길옆으로 기고 있다.
열심히 기고 있다.
비명 대신 길게 이어지는 신음, 들리진 않지만
성난 빨랫줄 같다.
개가 길옆으로 완전히 비켜나 엎드려
가슴에 머리를 파묻는다.

차를 움직이며 오디오를 켜도

신음 소리, 긴 토담처럼

방금 내리기 시작한 눈 맞으며 따라온다.

지금 이 가을, 고맙다

산책길 언덕 양옆에 의젓하게 자리 잡고 선
자작나무들의 하얀 피부,
허나 지난 장마에 땅이 패어 길 위에 올려져
인간의 발길에 뭉개진 험상스런 뿌리들이 더 눈길
을 끈다.
밖으로 나온 나무의 창자들,
땅속에서도 속은 속대로 썩혔는지
군데군데 쥐어짜듯 잘록해진 곳도 눈에 띈다.
내 창자도 꺼내보면
사람들 눈 돌릴 만큼 험상스럽지 않을까.

그러나 잠깐, 그건 그거고.
햇빛 가운데도
눈부신 이 가을 햇빛,
노란색보다 더 샛노랗게
길 양편을 색칠하는 저 은행잎들,
갓 말린 태양초 꼬리를 달고
맴도는 저 고추잠자리들,

산사나무 잔가지에 붙어 가볍게 산들대는
풍뎅이 등의 저 절묘한 녹갈색 광채,
하늘에는
몸 가볍게 줄이고 춤추듯이 흘러가는 구름 조각들.
고맙다.

밤에는 별빛이 서늘하다,
뇌 해마에서 별자리 이름들 많이 증발했지만
별들은 자리 뜨지 않았다.
천천히 흐르는 거대한 은하를 머리 위에 두고
맑게 존다.
깜빡, 눈 막 그친 희한하게 투명한 하얀 아침이
언뜻언뜻 뇌에 비친다.

늦가을에

여름내 뿌린 소독약 때문인가
8층까지 올라오던 벌레들의 간절한 가을의 소리
끊겼다.
벌레 소리 자리 뜨자 밤새 소리도
사라졌다.
활자들이 등 돌리기 시작하는 늦가을 밤 10시 45분
귓전으로 흐르게 놔둔 음악 잠재우고
민 유리잔의 푸른 색연필 금 조금 넘게 포도주 따
라 마시고
잠자리에 들었다가 2시쯤 깬다.

오래 안 뵈던 사람
따라잡고 보면 영 모를 사람이던가
색채들이 춤추는 숲속으로 들어가면
잘린 나무들만 여기저기 쌓여 있는 꿈을 꾸다 깨
는 잠,
이즈음 거푸 그렇다. 화장실 다녀오며 시계를 보고
침대에서 이리저리 몸 뒤척이다

일어나 불 켜고 이 책 저 책 옮겨 다니며 읽다
4시, 방의 그림자들까지 등 돌리기 시작한다.
독주 병 꺼내 목을 축이고 다시 눈을 붙인다.

아침 일곱 시 반,
목마름이 살아 있다.
찬물 벌컥벌컥 들이켠다.

돌이켜본다. 이즘 잠은 이은 데 자꾸 벌어지는 다
리 같은 잠,
    그 자리 점점 더 벌어져
    도저히 건너뛸 수 없는 '건너편'이 되진 않을까?
    아니면 잎 진 나무들 위로 사정없이 깊어지는 하
늘에
    별 볼 일 없는 구름들이 모여 환한 새털구름으로
태어나기도 하는
    그저 이즈음의 숲일까?

별사(別辭)

3개월도 안 돼 안경 렌즈를 새로 갈아 껴도
마음에 들게 다가와주지 않는 풍경들
초점에서 벗어나곤 하는 거리 모습들
귓가로 날아오다 도중에 새는 먼 데 종소리
바로 앞에서 급정거하는 차 소리
어느 날은 쓰러진 나무가 급히 산책길을 막는다.
멈춰 서서
내가 이 세상에서 살며 좋은 일 한 게 뭐 뭐 있더라,
찬찬히 생각해본다.

저세상에 들어서면
마취 않고 이 갈아대는 치과의사가 있다는 소문,
인정머리 없는 재판장이 버티고 있다는 소문,
그러나 맛이 간 자의 맛 한 치라도 돋우어주는
공방(工房) 돌리고 있다는 소식은 여태 없다.
같이 사는 지인들이여
새벽 방파제에서 공중에 뛰어올라 빛나는 물고기나
등껍질 지나치게 매끈한 풍뎅이와 마음 나누는 것을

양해하시게.
저세상에서도 촬영금지구역이
점차 개방된다는 소문 있으니
스마트폰을 달랑 들고 갈 테다.

연옥의 봄 1

같이 가던 사람을 꿈결에 놓쳤다,
언덕에선 억새들 저희끼리
흰 머리칼 바람에 날리기 바쁘고
샛강에선 물새들이 알은체 않고
얼음을 지치고 있었다.
쓸쓸할 때 마음 매만져주던 동네의 사라진 옛집
들도
아직 남아 있었구나! 눈인사해도 받아주지 않았다.

기억엔 없어도 약속은 살아 있는지
아무리 가도 닿지 않는 찻집으로 가고 있다.
왕십린가 청량린가? 마을버스 종점인가?
반쯤 깨어보니 언제 스며들었는지
방 안에 라일락 향이 그윽하다.
그대, 혹시 못 만나게 되더라도
적어도 이 봄밤은 이 세상 안에서 서성이게.

연옥의 봄 2

팔다리 서로 끼고 바다로 나가던 테트라포드들이
꽉 낀 몸 그만 풀어버릴까? 망설이는 낡은 방파제
그 끄트머리,
위에 동그란 구름 한 점 떠 있는 곳,
누군가 흰 철쭉 한 묶음을 놓고 갔다.

묶은 끈이 풀어져 있다.
풀어졌어도 꽃묶음은 그대로 있다.
만날 때마다 눈인사 나누던 허리 굽은 낚시꾼
며칠 전부터 뵈지 않고
그의 낚시 구럭이 꽃 옆에 놓여 있다.
줄 달린 바늘, 해초 묻은 낚싯봉,
그리고 엮은 나무줄기 틈새로 스며든
햇빛 한 줄기가 담겨 있다.

연옥의 봄 3

연옥은 단테가 지옥에서 쓰다 쓰다
채 못다 쓴 기억들을 털어버린 곳,
주고 못 받은 상처는 남아 있겠지.
그럴 바엔 방거사(龐居士)*에게 연옥을 맡기면 어
떨까?
그는 주면 받고 있으면 준다.

오늘은 새들이 빛나는 보석 조각들처럼 노래한다.
새들을 하늘에 풀어놓을 게 아니라
하늘을 풀어놓는다면?
연고 없이 떠돌다
구름 속으로 새들 속으로 스며들 거다.
거사는 구름에게서 그늘을 내려 받고
새들과 양식을 나누리라.

* 방온(龐蘊), 중국 당 시대의 재가(在家) 선사(禪師).

연옥의 봄 4

휴대폰은 주머니에 넣은 채 갈 거다.
마음 데리고 다닌 세상 곳곳에 널어뒀던 추억들
생각나는 대로 거둬 들고 갈 거다.
개펄에서 결사적으로 손가락에 매달렸던 게,
그 조그맣고 예리했던 아픔 되살려 갖고 갈 거다.

대낮이다. 밥집으로 갈까,
쥐똥나무 꽃 하얗게 핀 낮은 울타리 길을 걸을까?
꽃은 떨어져 흙으로 돌아가는데
떨어지는 높이가 낮을수록 뭔가 아쉽다는 생각이
든다.
흙이 아니고 아스팔트면?
피곤한 아스팔트 같은 삶의 피부에 비천상(飛天
像) 하나 새기다
퍼뜩 정신 들어 손 털고 일어나 갈 거다.

연옥의 봄에는 눈이 내린다

김수이
(문학평론가)

1

황동규의 시는 눈이 내리거나 잠시 그친 세상이다. 계절은 주로 겨울이며, 다른 계절이거나 무계절의 시간일 때도 있다. 눈이 내리는 것은 자연의 현상이지만, 황동규에게는 내면의 일이거나 삶의 일이기도 하다. 그러니까 실제와 체감과 상상을 합하여, 황동규가 살아온 시간은 눈이 내리지 않는 날들이었다. 1958년의 등단작 「즐거운 편지」에서부터 줄곧 그래왔는데, 십대 후반의 황동규가 예보했던 그대로였다.

진실로 진실로 내가 그대를 사랑하는 까닭은 내 나의 사
랑을 한없이 잇닿은 그 기다림으로 바꾸어버린 데 있었다.
밤이 들면서 골짜기엔 눈이 퍼붓기 시작했다. 내 사랑도 어
디쯤에선 반드시 그칠 것을 믿는다. 다만 그때 내 기다림의
자세를 생각하는 것뿐이다. 그동안에 눈이 그치고 꽃이 피
어나고 낙엽이 떨어지고 또 눈이 퍼붓고 할 것을 믿는다.
　　―「즐거운 편지」2연(『황동규 시전집』, 문학과지성사, 1998)

　특이한 것은 예보의 서술어였다. 황동규는 "믿는다"
라는 동사를 택해 자신의 전 생애와 내면의 기후를 예견
했다. 예보가 믿음의 영역에 편입된 근거는 '눈'이다. 이
시에서 '나'는 오늘 밤 퍼붓는 눈처럼 "내 사랑도 어디쯤
에선 반드시 그칠 것을 믿는다"(그러나 믿음의 형식을 띤
이 소망은 허약하다. 눈은 그쳤다가 또 내릴 것이기 때문이
다. 피어날 꽃과 떨어질 낙엽은 그친 눈과 내릴 눈 사이를 잇
는 매개 역할을 한다). 눈은 '그대' 없이 '사랑'만 남은 삶
의 미래를 암시하는 비밀한 상징이다. 자연의 섭리를 응
축한 눈은 황동규에게 인간사의 번민을 투사하는 미학적
질료이자 내면의 스승 역할을 한다. 이제 황동규는 평생
에 걸쳐 만날 모든 눈에서 "내 사랑"의 운명을 볼 것이며,
그 눈을 맞으며 '없는 사랑의 있음'을 살아내는 생의 자세
를 "생각"할 것이다.
　눈은 처음에는 사랑의 은유였지만, 눈=사랑이 그대의

부재 속에서도 "퍼붓기 시작하"자 '나' 자신과 세계를 발견하는 통로로 화한다. 이 시에서 황동규가 예고하는—믿는 것은, 대상을 잃은 사랑이 그칠 것을 믿는 미래가 "내 기다림의 자세를 생각하는" 사유의 시간이 될 것이라는 점이다. 시의 처음에 그는 "내 그대를 생각함은 그대가 앉아 있는 배경에서 해가 지고 바람이 부는 일처럼 사소한 일일 것"이라고 썼다. 생각의 내용은 이제 둘로 늘어났다. 사랑하는 그대와, 그대에 대한 사랑이 그칠 때까지의 "내 기다림의 자세". 앞으로 황동규의 삶은 '부재하는 사랑의 부재'라는 이중의 부재에 도달하기 위한 생각으로 채워질 것이며, "그동안에 눈이 그치고 꽃이 피어나고 낙엽이 떨어지고 또 눈이 퍼붓"는 자연과 삶의 기상 변화가 반복될 것이다.

황동규 시에서 눈은 어떤 시간과 장소에 이르러 필연처럼 퍼붓기 시작하고, 갑자기 많이 내리며, 이리저리 몰려다니고, 성글게 날리며, 어느새 그치고, 다시 퍼붓는다. 그리하여 눈은 필요한 모든 시간과 장소에 내린다. 짧은 실존과 덧없는 소멸에 연연하지 않으며, 존재의 품격과 절대의 고요를 현현한다. 눈처럼 흩날리며 쌓였다가 사라지는 황동규의 '생각'들은 몽상과 상상을 아우르며, 발견의 경이와 성찰의 예감으로 설렌다. 초기 시의 많은 예들 가운데 두 개의 장면을 호출해보자. "첫눈 내린 저녁, 당신과 함께, 혹은 당신의 없음과 더불어" "나는 들여다

본다, 들여다본다, 깊이 없는 황량한 깊이를. 나는 들여다
본다. 꿈없이 걸으며, 원근법에서 해방된 한 세계를, 그
놀라움을"(「소곡(小曲) 4」). "눈이 내린다/눈송이 하나하
나가 어둠 속에서/눈 내리는 소리로 바뀌는 소리 들린
다/가본 부석사(浮石寺)와 못 가본 부석사(浮石寺)가 만
나/서로 자리를 바꾸는 광경이 나타난다 [……] 다시 가
보아야 하리./가는 길은 사람 사이에서 자신에 들켜 숨
쉬며/자기가 되는 길이리 [……] 모든 마을의 맨 처음 입
구(入口)를 만나리"(「겨울의 빛」, 이상 『황동규 시전집』).

　'눈'은 황동규 시의 제1원소이며 감각과 사유의 동력
이다. 황동규의 시에서 눈은 자연의 날씨, 유한한 존재들
의 '홀로운' 삶, 탄생과 죽음의 우주적 섭리, 흩날리는 순
백의 무심한 광경에 사로잡힌 내면의 황홀, 그에 상응하
는 어지러운 내면의 무질서, 그 내면으로부터 솟아나는
삶의 숱한 질문들을 이미지화한 황동규 미학의 순간적인
결정체 등을 의미한다. 알다시피, 황동규는 '홀로'와 '외
로움'을 혼용해 인간 존재가 본질적으로 처한 단독자의
운명을 뜻하는 '홀로움'이라는 단어를 만들었다. 홀로움
은 단독자의 실존 조건과 삶의 감각을 향유하는 능력이
자, '나'의 자존과 자립을 위한 존재론적 실천이다. 외로
움과 달리 '홀로움'은 단독자의 운명에 대한 즐겁고(「즐
거운 편지」에 쓰인 뜻으로) 능동적인 향유를 내포한다. 단
독의 삶을 향유한다는 것은 존재의 품위를 추구함으로

써 자기 윤리와 타자에 대한 윤리를 함께 도모한다는 뜻
이다. 황동규가 눈이 내리는 광경에서 목도하는 것은 홀
로운 존재들이 형성하는 공동체의 적막한 아름다움이다.
황동규에게 눈은 홀로운 존재들의 연약하고 깊이 있는
공동체를 아름답게 현시하는 자연 현상이자 미학적 표상
인 것이다. 내리는 눈은 각자이면서 함께인, 모두가 일정
한 간격을 지닌, 서로 억압하지 않는, 탄생과 소멸의 공통
운명을 지닌 존재들의 삶을 상연한다. 미성년의 황동규
는 전 생애의 모든 눈을 예감하고 미리 내면화하면서 '부
재하는 사랑'이 "그칠"(부재할) 날이 올 것을 믿었고, 사
랑과 자신에 대한 존재론적 사유를 시작했다.

2

잔눈 맞고 밟으며 왔다.
어느 결에 눈이 그치고
달도 별도 없는 바닷가
파도도 물소리도 없다.
먼 데서 울던 밤새 소리도 없다.

어둠 속에서 혼자 불빛 비추고 있는 등대
나무 몇만 사는 조그만 섬도 길 잃은 배도 없는

수평선마저 없는 바다를 천천히 훑고 있다.
더 없는 것은 없냐? 반복해 훑고 있다.
가만, 마음에 모여 있던 생각들 다 어디 갔지,
자취 하나 남기지 않고?
순간 가슴 한끝이 짜릿해진다.
이 짜릿함 마음의 어느 함에 넣을까?
　　　　　　　　　　　　　　──「바가텔(Bagatelle)」전문

　　바가텔(bagatelle)은 '하찮은 것, 사소한 일'을 뜻한다.
「즐거운 편지」(1958)의 "사소한 일"은 작품 발표 시점에
서 58년이 지난 지금 낯선 기표와 함께 다시 등장한다. 현
재 황동규가 작성하는 바가텔의 목록은 지금 여기에 부
재하는 것들로 이어진다. "잔눈 맞고 밟으며 왔다./어느
결에 눈이 그친" 바닷가의 밤은 "없는 것"들의 세상이다.
달도 별도 없고, 파도도 물소리도 없으며, 먼 데서 울던
밤새 소리도 없다. 조그만 섬도 길 잃은 배도 없으며, 바
다에는 수평선마저 없다. 오래전 황동규에게 '사소한 일'
은 "내 그대를 생각함"과 이 생각(사랑)이 그대에게 가질
의미였다. 지금 '사소한 일'은 실재하는 사물과 현상들의
없음이며, 내 "마음에 모여 있던 생각들"의 사라짐이다.
"더 없는 것은 없냐?" "혼자 불빛 비추고 있는 등대"의 것
인지 '나'의 것인지 알 수 없는 질문은 현재의 '나'의 실존
이 "없는 것"들에 의해 지탱되는 역설을 피력한다. 눈처

럼 사랑도 언젠가 그칠 것이라는 믿음, 부재하는 사랑의 부재라는 이중의 부재에 도달하리라는 황동규의 믿음은 이렇게 실현되는 것일까. (아이러니하게도, "더 없는 것은 없냐?"에서 서술어 '없다'는 '있다'로 대체될 수 있으며, 둘은 같은 의미를 파생한다. "더 없는 것은 없냐?"와 "더 없는 것은 있냐?"는 모두 "더 없는 것"의 없음=있음을 묻는다. '없다'와 '있다'가 대립적 의미의 별개의 언어로 존재함에도 의미가 분화되지 않는 이 예는 각별하다.)

"가만, 마음에 모여 있던 생각들 다 어디 갔지,/자취 하나 남기지 않고?" '없는 것'들을 헤아리다 황동규가 다다른 것은 "마음에 모여 있던 생각들"이다. 심중의 생각들이 불현듯 사라진 순간은 "짜릿함"의 전율로 각인된다. "어느 결에 눈이 그친" 시간의 삶은 '부재와 소멸의 바가텔'로 채워지고, 이는 다시 텅 빈 감각의 카타르시스로 귀결된다. 이 텅 빔의 감각은 자아가 스러지고 삶이 휘발하는 초월적 시간의 것이 아니며, 없음과 사라짐이 존재를 구성하고 운동하게 하는 근본 조건임을 직시하는 현재적 시간의 것이다. 황동규는 없음과 사라짐 앞에서 안타까움과 슬픔 등의 감정적 반응에 충실하지도, 의미 부여의 가공 작업에 매진하지도 않는다. 한 인간으로서 피할 수 없는 감정과 물음들을 보존하면서도, 없음과 사라짐 자체를 향유하고 있는 그대로 받아들이는 일에 몰두한다. 그가 부재와 소멸을 존재가 수시로 겪는 바가텔로 명명한 것은 그것이 정말 사소해서가 아니라, 사소함의 빈도로 부재와 소멸을 살아내야 하는 것이 유한한 존재의 필연적이며 불가역적인 삶의 원리이기 때문이다. 황동규는 '없음'을 카타르시스의 전율로 후련하게 감각하고, 감탄형의 질문으로 기꺼이 맞아들인다. "더 없는 것은 없냐?" "이 짜릿함 마음의 어느 함에 넣을까?" 부재와 소멸을 통해 만끽하는 실존의 "짜릿한" 현재는 시적 언어와 평소의 혼잣말을 구별하지 못한다. 일상어가 곧 시가 되는, 혹은 일상어와 시의 구별이 따로 없는 경지는, 시가 현실의 가장 낮은 자리로 내려와 성취하기를 바라왔던 그것이다.

모두 뒷모습만 보이며 가는 삶의 그 무엇을 위한?
꿈속에서 만난 것은 평생 두고 지은 사랑과
그 사랑의 가차 없는 허물어짐.
허물어진 사랑이 그런 일 없던 사랑보다 더 깊은지 아닌지는
잘 모르겠다. 깊이를 헤아리기 위해
허물어진 것 다시 허물어볼 수는 없는 노릇.
다만 꿈 깨어 산에 올라가 절을 짓든
절을 헐든
꿈에서 깬 삶이 적어도 꿈의 삶만큼
허허롭기를 빌 뿐이다.
　　　　　　　　—「꿈—조신(調信)의 노래」 부분

없음과 사라짐은 존재가 존재하는 과정에서 겪는 '사소한 일'이며, '부재와 소멸의 바가텔'은 극복해야 할 대상이라기보다는 "나도 모르게 몸을 내"(「춤추는 은하」)밀어 살아내야 할 삶의 내용물이라는 것. 없음과 사라짐은 있음과 생성의 대립 개념이 아니라, 한 인간이 존재하고 살아가는 과정을 구성하는 필연의 작용들이며 보편적 사건이라는 것. "자신들을 없는 것으로 바꾸며 낸 소리"(「삶의 본때」)가 모든 존재가 공들여 이룩한 삶의 결실이라는 것. 이번 시집에서 황동규가 전하는 메시지는 그의 평생의 시 작업을 일목요연하게 압축한다. 이런 맥락에서, "평생 두고 지은 사랑과/그 사랑의 가차 없는 허물어짐"은 사랑이 갖고 있는 이중의 운동성이며 두 개의 중심이다. 이 이중의 운동성/중심을 어떤 형태로든 경험하지 않는 사랑은 없다. "가차 없는 허물어짐"을 알지 못하는 사랑이 어떻게 온전한 사랑이겠는가. 사랑의 허물어짐은 사랑을 짓는 일이 피할 수 없는 경로로, 사랑의 외부가 아닌 내부에 위치한다. 따라서 "평생 두고 지은 사랑과/그 사랑의 가차 없는 허물어짐"은 시차를 두고 벌어진 두 개의 사건이 아니라, 평생에 걸쳐 일어난 하나의 사건이다. "그동안에 눈이 그치고 꽃이 피어나고 낙엽이 떨어지고 또 눈이 퍼붓고 할 것을 믿는다"던 어린 시인의 예견 – 믿음은 사랑의 서사의 기본 구성을 간파한 것이었다. "그대를

166

기다리고 있다는 생각 여태 지니고 계신가?"(「폴 루이스의 슈베르트를 들으며」) 누구든, 기어이, 이렇게 물을 수밖에 없는 순간이 오는 것이다.

사랑이 지닌 이중성의 운동―중심을 통찰하더라도, 평생을 두고 지은 사랑의 가차 없는 허물어짐을 바라보는 시간은 "허허롭"다. 황동규는 "절을 짓든/절을 헐든/꿈에서 깬 삶이 적어도 꿈의 삶만큼/허허롭기를 빌 뿐"이라며, 허허로움을 어떤 다른 것으로 환원하고자 하지 않는다. 그는 사랑의 허물어짐을 굳이 사랑의 지음으로 바꾸거나(둘 다 사랑의 작용이기에), 허물어진 사랑을 "깊이"로 보상하는 시적 능력을 발휘하지 않는다(허물어진 사랑은 보상받아야 할 대상이 아니라 사랑하는 존재와 삶의 일부이기에). 그는 사랑의 허물어짐을 받아들임으로써 "내 그대를 생각함"과 "내 기다림의 자세를 생각하는" 일을 지속한다. '부재하는 사랑'은 "평생에 걸쳐 지은 사랑"의 오래된 일부이며, 삶이 한낱 '꿈'이라는 관점에서는 사랑의 전부이며 본질이다. 비단 사랑만이 아니라 존재와 삶의 구성 원리가 모두 이와 같다.

'부재와 소멸의 바가텔' 속에서 살아가는 존재들은 같은 운명에 처한다. 자신의 소멸에 앞서 다른 존재들의 소멸을 겪어야 하는 것이다. 그중에서도 사랑하는 타자의 소멸과 그 앞에서의 무력(無力)은 살아 있는 자들이 치러야 하는 수난이자 '삶의 몫'이다. 이번 시집에서 황동규는 사랑하는 사람들의 죽음을 '생각'하는 데 많은 시간을 들인다. 노년의 일상에서 누군가의 죽음의 소식을 듣고, 자신이 갖고 있던 무언가를 잃어버리는 일은 예고 없이 종종 일어난다. "산책에서 돌아오다 최근까지 전화 주고받던 동창 / 조금 전 세상 밖으로 나갔다는 휴대폰을 받고"(「아픔의 부케」), "폐기종 오래 앓다 아침에 숨 걷은 친구"의 빈소에 들르고(「명품 데킬라 한잔」), "파계사 대비암에 오르는데 / 동창이 세상 떴다는 문자가" 뜨고(「파계사 대비암(大悲巖)」), "여행 도중" "아끼던 제자의 부음"을 듣는 것이다(「그믐밤」). 물론 죽음은 노년의 일상이 갖는 특수성이 아니며, 모든 연령의 일상에 내재된 보편성이다. 청년과 노년의 삶이 뚜렷한 차이를 갖는 것은 죽음의 가능성보다는 죽음을 대하는 자세에 있다. 청년의 삶이 다른 존재들의 죽음을 경험하면서도 죽음을 타자의 것으로 대상화하는 데 머물도록 방임되는 시간이라면, 노년의 삶은 사랑하는 타자의 죽음을 겪으면서 죽음을 자신의 것으로 내면화하도록 권유받는 시간이기 때문이다. 황동규는 친구들의 투병과 죽음을 겪으며, 한없는 슬픔 속에서도 따뜻한 유머와 위트, 순응의 여유로움을 만들어낸다.

    방 안에 꽃 없는 꽃병 있는 듯 없는 듯
    눈 감고 누운 얼굴에 의식 있는 듯 없는 듯

너는 병원 침대 위에 눈 감은 보살 얼굴로 누워 있었다.
고막을 건드리고도 여운이 남을 만큼
귀 가까이 대고 가만가만 이름을 두 번 불렀으나
얼굴에 아무런 표정도 피어나지 않았다.
지금 내가 할 수 있는 일이란 이게 다인가, 시선을 거두다
일생 달고 다닌 것답지 않게 튼실한 발이 눈에 들어와 쓰
다듬었다.

[······]

그때 네가 가느닿게 눈을 떴다.
그리고 그 눈 살짝 감았다가 다시 가늘게 뜨며
보살의 웃음이 아닌 장난기 어린
인간의 눈웃음을 웃었다.
　　　—「발—2014년 5월 13일, 목동 이대병원 김치수의 병
상에서」 부분

떨어지는 시력을 벌충하려
시선 머무는 데마다 초점을 만들다 보면
세상이 갑자기 진해질 때가 있다.
[······]
지평선인가 수평선인가 그냥 가로금인가
위아래 검붉은 색채 속으로 번져 지워지고

하늘과 땅이 하나가 된다.
언젠가 나와 친구들이 가로금처럼 걷다가
하나가 된 검붉은 땅 검붉은 하늘로 스며들어가
하나가 되리라는 이 느낌!
흠치만은 않으이.
　　—「서교동에서—화요일 저녁마다 친구들이 서교동 한
밥집에 모여 술 곁들인 식사를 한다.」 부분

　　친구 "김치수의 병상"에 관한 시 「발」은, 자신의 죽음
을 슬퍼하는 제자들을 위해 관 밖으로 발을 내밀었다는
부처의 일화를 인유한다. 황동규는 "눈 감은 보살 얼굴로
누워 있"는 친구의 이름을 부르며, "지금 내가 할 수 있
는 일이란 이게 다인가,"라고 슬퍼하다 문득 눈에 들어온
친구의 "튼실한 발"을 "쓰다듬"는다. 그러자 친구가 눈
을 가늘게 뜨고 "보살의 웃음이 아닌 장난기 어린/인간
의 눈웃음을 웃"는다. "보살의 웃음"과 대비되는 "장난기
어린 인간의 눈웃음"은 황동규가 죽음에 대해 갖고 있는
'인간적인' 생각을 선명히 보여준다. 이 생각은 초월적 지
향이 아닌, 소박하고 천진무구하기까지 한 인간적인 감
각과 행위의 산물이다. 예컨대 황동규는 섬쥐똥나무의
목소리를 빌려, "'혼이라는 거, 그게 어디 따로 있는 거우
꽈?/평생 자기답게 열심히 살면, 그게 그의 혼입주'"(「섬
쥐똥나무들의 혼」)라고 말하면서 '혼'이라는 비실체적 실

170

재마저도 다른 저곳이 아닌 지금 여기에 밀착시킨다. 죽음을 앞두고 "장난기 어린 인간의 눈웃음"을 웃는 일, 죽음을 앞둔 친구에게서 그런 웃음을 읽어내는 일은 평생 해온 '사소한 일'이 곧 인간의 고귀한 품격이 되는, 평범함과 위대함이 하나 된 '인간적인' 순간을 빚어낸다. 죽음 앞에서, "장난기 어린 인간의 눈웃음" 외에 아무것도 공유할 수 없는 친구들의 공동체는 역설적이게도 슬픔을 웃음으로 감싸 안으며 완벽한 '우정'의 순간을 성취한다.

시 「서교동에서」 역시 친구들과 나눈 구체적인 삶의 경험을 바탕으로 한다. 황동규는 "화요일 저녁마다 친구들이 서교동 한 밥집에 모여 술을 곁들인 식사를 하"는 생활 전통을 50년 넘게 이어오고 있다. 한결같은 친구들과 그들의 한결같은 만남은 복된 노력의 소산이거니와, 황동규는 죽음을 이 연장선에서 받아들인다. 수락의 계기는, "떨어지는 시력을 벌충하려" "초점을 만들다 보면/세상이 갑자기 진해지"는 노년의 신체 경험이다. 황동규는 자신과 친구들이 "가로금처럼" 걸으면서도 삶을 공유했듯이, 시차를 두고 "언젠가" 죽음을 공유할 것을 예감하면서 자못 넉넉한 말투로 소회를 밝힌다. "언젠가 나와 친구들이 가로금처럼 걷다가/하나가 된 검붉은 땅 검붉은 하늘로 스며들어가/하나가 되리라는 이 느낌!/흉치만은 않으이." 친구들은 삶을 동행해온 과거로부터의 타자들이며, 죽음을 통해 하나가 될 미래의 동일자들이다. 우정의 공동체는 완성 없이 어느 날 갑자기 '중단' 되는 삶이 죽음 이후로 계승할 인간적인 가치이며, 사랑 의 집행 능력 자체다.

그래서일까. 현재 황동규는 "죽고 사는 일보다 감각 잃 는 게 더 못 견디겠는 저녁"(「앤절라 휴잇의 파르티타」)을 괴로워하고, "종일 흐리고/내릴 듯 내릴 듯 눈 기어이 내 리지 않은 채 밤에 든/남해안 바닷가 여관집, [⋯⋯] 한 번 간 술맛이 돌아오지 않는 밤"을 안타까워한다(「외등 (外燈) 불빛 속 석류나무」). 감각은, '부재와 소멸의 바가 텔'에 순응하면서도 황동규가 변함없이 예민하게 소유하 고 싶어 하는 능력이다. 일찍이 김우창은, 초기의 황동규 가 '내면의 응시자이며 수난자'로서 암울한 시대를 기록 하는 '정치적 상징주의'를 구사한다고 하면서, "모든 정치 적 양심의 괴로움에도 불구하고 황동규에게 사물에 대한 신선한 감각이 살아 있음"을 강조했다. "감각의 싱싱함 은, 전부가 아니라 뿌리에 불과하지만, 정신의 싱싱함이 요, 삶의 싱싱함의 약속"이라는 점도 덧붙였다.[1] 최근의 황동규에게 감각의 싱싱함은 정신과 삶의 싱싱함의 뿌리 이며 그래서 전부를 의미한다고 해도 과언이 아니다. 이 번 시집의 수려한 명편 중 하나인 시 「나의 동사(動詞)들」

1) 김우창, 해설 「내적 의식과 의식이 지칭하는 것」, 황동규, 『열하일기』, 지식산업사, 1982, pp. 258~62.

은 황동규의 시와 삶의 내력과 현재적 사유 구조를 "뼈"
가 고스란히 보이도록 비극적이고도 아름답게 그려낸다.

그림자 자꾸 길어지자
나무들이 앞서거니 뒤서거니 잎들을 떨구고
뼈들을 드러낸다.
부챗살처럼 잘빠진 뼈, 고집 세게 몸을 뒤튼 뼈
무엇엔가 부러졌다 되붙은 뼈.

몇 차례 눈발이 날리고
생각날 때마다 나무들은
거추장스럽다는 듯 뼈에 얹힌 눈을 턴다.
자세 흩트리지 않고 눈 터는 모습,
과연 나무들답군!

올 들어 가장 춥다는 날
오랜만에 허브차를 마시며
생각이 조금 따뜻해지기를 기다린다.
그동안 나와 함께 살아온 동사들, 그중에도
떨구다 드러내다 털다의 관절들 아직 쓸 만하다.
왜 이들을 녹슨 자전거처럼
어두운 층계참에 묶어뒀지?

미루던 혈압약 사러 나갈까 말까 저울질하다

현관을 나서자 확 달려드는 한기

두 귀가 먹먹, 옷깃을 여민다.

가만, 현관 앞 나무들은 잔뼈들까지 모두 드러낸 채

추위를, 추위보다 더한 무감각을 견디고 있다.

앞으로 나는 무엇을 더 *떨구거나 드러내야*

점차 더 무감각해지는 삶의 표정을 견뎌낼 수 있을까?

—「나의 동사(動詞)들」 전문

 그림자 자꾸 길어지자 나무들은 잎들을 떨구고, 세월
의 풍상이 새겨진 뼈들을 드러낸다. 몇 차례 눈발이 날리
고, 나무들은 생각날 때마다 자세 흐트리지 않고 뼈들에
얹힌 눈을 턴다. 황동규의 평생과 시 세계를 집약하고 있
는 이 풍경은 생명 있는 모든 존재의 삶을 보편적으로 상
징하기도 한다. 황동규 특유의, 눈이 내리고 그치는 풍경
과 '부재와 소멸의 바가텔'을 고요히 살아내는 모습 역시
잘 드러나 있다. 황동규는 이 풍경에 기대어 자신의 삶의
대표 동사들을 호명한다. "그동안 나와 함께 살아온 동
사들, 그중에도 / *떨구다 드러내다 털다*의 관절들 아직 쓸
만하다." 기울임체로 강조된 '*떨구다 드러내다 털다*'는
상실, 버림, 비움 등을 관장한다. '부재와 소멸의 바가텔'
의 서술어가 바로 이 존재론적 실행의 동사들로, 황동규
는 이 동사의 관절들이 "아직 쓸 만하다"고 하면서 "점차

174

더 무감각해지는 삶의 표정을 견뎌내"는 것이 앞으로의 삶의 과제임을 이야기한다.

　이번 시집에서도 황동규는 무감각에 대한 저항과 살아 있음에 대한 감각적 향유를 노래하는 데 많은 시편을 할애한다. 황동규에게 감각은 "백자 주병보다 혀가 천 배 만 배 중요하지!"(「달 없는 달밤」)에서 보듯 생생한 말초적 감각에서부터, "삶과 죽음이 맨몸으로 만나" 폭발하는 "맨삶"(「초원이 초원을 만나네」)의 총체적 감각에 이르기까지 인간이 세계와 만나는 모든 차원을 망라한다.

　　방충망 밖은
　　내일마저 없다는 하루살이도 날아다니는 세상,
　　숨 크게 들이켜며
　　'이 향기 이 밤으로 족하다!' 느낌으로
　　허파를 적신다.
　　시여, 완성되고 싶지 않더라도 슬며시 나와
　　이 밤을 즐기다 가시라.
　　　　　　　　　　　　　　　　—「열대야 백리향」 부분

　　내가 여름 꽃 하나만 그린다면
　　파스텔로 빛깔, 모양, 줄무늬까지 뜨고 싶은 저 꽃.
　　떠질까, 냉수로 새로 막 부신 듯 저 느낌?
　　　　　　　　　　　　　　　　　　—「저 꽃」 부분

그러나 잠깐, 그건 그거고.

햇빛 가운데도

눈부신 이 가을 햇빛,

[······]

산사나무 잔가지에 붙어 가볍게 산들대는

풍뎅이 등의 저 절묘한 녹갈색 광채,

—「지금 이 가을, 고맙다」부분

노래하자, 초원! 삶과 죽음이 맨몸으로 만나는 곳.

얼룩말과 사자가 인연인 듯 우연인 듯 만나

죽을힘 다해 달려 따돌리든가

덮쳐 쓰러트리든가

자의식 연민 회한 같은 것이 마음에 채 엉기기 전에

살고 죽는 곳,

그 맨삶을 노래하자.

—「초원이 초원을 떠나네」부분

황동규는 모든 것을 다 잃어도 감각만은 보존할 수 있기를 바라고, 실제로 그렇게 될 것을 믿는다. "얼마 후 꽃동산 다시 모래밭으로 되돌아간다 해도 / 느닷없이 눈부신 꽃 한 아름 안았던 마음의 사막, / 그 감촉 환하게 찍힌 가슴 어디 가겠는가?"(「꽃 피는 사막—2016년 2월 24일,

"뉴욕 타임즈"의 사진을 보며」) 황동규의 말처럼, 인간이 세상을 떠날 때 가져가야 하고 가져갈 수 있는 유일한 것이 있다면, 삶의 "감촉 환하게 찍힌 가슴"일 것이다. 그런데 황동규의 감각은 '사는 기쁨'과 세계의 아름다움에 감사하며 활짝 피어나기도 하지만, 삶의 쓰라린 속내와 본때를 마주할 때, 혹은 죽은 친구의 기척을 길을 걷다 불현듯 느낄 때 치명적으로 강렬해진다.

> 돈이건 친구건 털려봐야 삶의 속내를 알게 된다는 말씀
> 자욱이 내리는 저 안개비처럼 아스팔트나 적시게 하자.
> 지금 이곳처럼 미세한 안개비 알갱이들이
> 송곳처럼 인간의 목덜미를 찌르는 곳 어디 있겠는가?
> ──「강원랜드 버스 터미널에서」 부분

> 무엇이 건드려졌지? 창밖에 달려 있는 잎새들의 낌새에
> 간신히 귀 붙이고 있던 마음의 밑동이 빠지고
> 등뼈 느낌으로 마음에 박혀 있던 삶의 본때가
> 몸 숨기다 들킨 짐승 소리를 낸다.
> ──「삶의 본때」 부분

> 옆에서 누군가 우산 쓰고 신발에 흙 묻히며
> 같이 걷고 있는 기척,
> 감각에 돋는 소름, 치수구나!

어디부터 다시 함께 걸었지?
가만, 간 지 얼마 안 되는 저세상 소식 같은 거
꺼내지 않아도 된다.
너 가고 얼마 동안 나는 생각이 아팠다.
그저 말없이 같이 빗속을 걷자.
봄 길에 막 들어서는 이 세상의 정다운 웅성웅성 속에
둘이 함께 들어 있는 것만으로 그저 흡족타.
—「봄비 —김치수에게」부분

　　"돈이건 친구건 털려봐야" 알게 되는 "삶의 속내"는
"송곳처럼 인간의 목덜미를 찌르"고, 간신히 붙어 있던
"마음의 밑동이 빠지"자 "등뼈 느낌으로 마음에 박혀 있
던 삶의 본때"는 "들킨 짐승 소리를 낸다". 절망과 고통
을 통과하지 않고서는 다다를 수 없는 삶의 또 다른 진면
목들이다. 황동규에게 감각은 살아 있음의 환희에도 절
실히 소용되지만, 살아 있음의 통증에도 뼈저리게 관여
한다. 감각은 또한 불가해한 죽음의 세계를 감지하는 촉
수이기도 하다. "감각에 돋는 소름"이 아니라면 무엇으로
죽은 친구가 옆에서 걷고 있는 기척을 느끼고, 둘이 말없
이 빗속을 걸으며 "이 세상의 정다운 웅성웅성 속에/둘이
함께 들어 있는" "흡족"함을 소유할 수 있을 것인가. 황동
규는 이 감각의 힘으로 "시에도 시독(詩毒)이 있"음을 간
파하고, 시독의 중독제를 찾을 즈음엔 이미 "죽거나 살거

나 둘 중 하나"이니 "목에 두른 시구(詩句) 같은 것 모두 풀어버리고 / 시원하게 '나'도 풀어버리고 / 시가 아니어도 좋은 시의 세상에 / 길 트시게"(「젊은 시인에게」)라고 후배 시인들에게 따뜻한 조언을 건네기도 한다.

그리고 황동규의 감각이 끊임없이 향하는 것은 자신이 세상 떠나는 마지막 날에 대한 상상이다. 그가 끝내 버리고 가기를 주저하는 것은 감각과 감각으로 향유하는 세계의 낱낱의 실물들이다. "문을 열자 열린 층계 창을 통해 / 확 달려드는 빗소리와 싱그러운 물비린내, / 어떻게 하면 이것들을 챙기지 않고 가지?"(「마지막 날 1」) 문짝 덜컹덜컹 흔들던 눈바람, 개 짖는 소리, 단출한 술상 따위, "이 세상에서 마지막까지 떨치기 힘든 것은 / 이런 뜻 없는 것들!"(「마음 어두운 밤을 위하여」) 부재하고 소멸하는 삶의 "사소한 일들"을 무수히 거쳐 마지막까지 애착할 것이 단순한 배경처럼 "뜻 없는 것들"이라는 예견은 언뜻 이상해 보이지만 곱씹을수록 타당하다. 인간이 최후까지 행하고 누리는 일은 감각하는 것이며, 인간은 모든 감각이 소멸하는 순간에 삶을 마감할 것이기 때문이다. 황동규는 자신에게 감각의 소멸은 '거짓말'을 동원해서라도 부정하고 싶은 최후의 '사소한 일'이라고 고백한다. "그래, 살아 있는 것들 하나같이 열심히 피고 열고 기고 있는 곳에서 / 더 이상 볼 게 없다는 거짓말 없이 어떻게 자리 뜰 수 있겠는가?"(「오체투지(五體投止)」)

황동규는 "오가는 생각들을 하나씩 둘씩 뭉개고" "모르는 새 너와 나가 사라지고 / 마당과 가을빛만 남"아 "끄트머리 딱히 없을 기다림의 마지막 무렵 같은 곳"(「북촌」)으로 일상 속의 순례를 떠나기를 소망하면서 세상에서의 마지막 날에 대한 상상을 밀어붙인다. 그 상상은 익살스러울 만큼 분방하고,

　　이제 무거운 추 떨어졌으니 홀가분해진 서부영화의 늙은 악한처럼
　　총알구멍 뚫린 맥주통 문 앞에 세워논 살롱 앞에서 얼씬대다
　　엉뚱한 총탄에 맞더라도
　　회한 같은 것 없이 환히 비틀거리거나
　　맥주통에 두 손 얹은 채 생뚱맞게 서 있을 거다.
　　　　　　　　　　　　　　　—「살 것 같다」 부분

　인간의 삶의 한계를 뒤집어 "두 길"을 한꺼번에 취하는 불가능한 시간을 도모할 만큼 제한이 없으며,

　　길 한가운데까지 쳐들어온 자갈과 풀에 신경 주지 않고 걷다
　　갈림길에서 그만 길을 잃는다.
　　두 길이 양옆에서 춤추듯 설렌다.

평생 한 길 취하고 다른 한 길 버리는 일 하고 살았으니
마지막 한 번쯤 한꺼번에 둘 다 취해볼 수 있지 않을까?
　　　　　　　　　　　　　　　　　—「마지막 날 2」부분

　사랑하는 사람들과의 소통을 위한 휴대폰을 주머니에 넣고, 생각나는 대로 추억을 거두며, 언젠가 "결사적으로 손가락에 매달렸던 게"의 "그 조그맣고 예리했던 아픔 되살려 갖고" 갈 만큼 친(親)일상성과 구체성을 가지고 있다.

　　휴대폰은 주머니에 넣은 채 갈 거다.
　　마음 데리고 다닌 세상 곳곳에 널어뒀던 추억들
　　생각나는 대로 거둬 들고 갈 거다.
　　개펄에서 결사적으로 손가락에 매달렸던 게,
　　그 조그맣고 예리했던 아픔 되살려 갖고 갈 거다.

　　[……]
　　피곤한 아스팔트 같은 삶의 피부에 비천상(飛天像) 하나
　　새기다
　　퍼뜩 정신 들어 손 털고 일어나 갈 거다.
　　　　　　　　　　　　　　　　　—「연옥의 봄 4」부분

"퍼뜩 정신 들어 손 털고 일어나 갈 거"라는 다짐은 황

동규가 소망하는 삶과 죽음에 대한 자세를 반영한다. 눈이 내리거나 그친 세상을 떠나 맞이할 '연옥의 봄'은 그곳이 전혀 다른 세상일지라도 겨울 다음에 오는 '봄'의 시간의 운동으로 이 세계와 이어져 있다. 그리하여 이 상상의 간헐적인 시간 이후에 오는 것은 다시 현재의 시간이다. 각자의 실존 속에 함께 춤추며 같은 곳을 향해 가는.

창밖에 포근한 융단 깔리는 느낌 있어
눈 비비며 발코니로 나간다.
흰 눈이 8층 아래 주차장을 가득 메우고
건너편 축대를 한 뼘 가까이 돋우고, 흥이 남아
공중에 눈송이를 날리고 있다.
마당 가득 하얗게 살구꽃 흩날리던
정선군 민박집의 아침이 8층 높이로 올라!
새 꽃밭 찾아낸 벌들이 8자형 그리며 춤추듯
눈송이들이 느슨한 돌개바람 타고
타원을 그리며 춤춘다.
살랑대는 저 춤사위, 지구의 것 같지 않군.
그래 은하의 춤!
은하 속 어디에선가 꽃 피운 행성 하나 찾아냈다는 건가?
잠깐, 기억들 다 어디 갔지?
뇌 속이 물 뿌린 듯 고요해지고, 살랑대며 춤추는 은하가
천천히 돌면서 다가온다.

나도 모르게 몸을 내민다.

—「춤추는 은하」 전문

쌓였다가 잠시 공중으로 흥겹게 날아오르는 눈송이는 "지구의 것 같지 않"은 "은하의 춤!"을 춘다. 필사(必死)의 인간이 자신의 운명과 삶의 자세를 겸허히 비춰볼 만한 광경이다. 그런데 이 광경이 주는 전언은 존재의 우주적 열림과 그 초월적 환희에 있지 않다. 흩날리는 눈송이의 춤을 아름답고 흥겹게 만드는 것은 곧 땅에 닿아 스러질 소멸의 운명(을 예감하는 시선)이다. 존재의 흥에 겨운 삶이란, 얄궂게도 예정된 소멸의 미래 없이는 불가능한 까닭이다. 황동규는 앞서, "벌레 문 자국같이 조그맣고 가려운 이 사는 기쁨"(「사는 기쁨」, 『사는 기쁨』, 2013)이라는 묘사로 이 '실존의 흥'을 기린 바 있다. 사는 기쁨, 실존의 흥은 인간의 나날의 삶을 채우는 '부재와 소멸의 바가텔' 없이는 가능하지 않으며 설명되지도 않는다. 마찬가지로, '연옥의 봄'(에 대한 상상) 없이는 삶의 겨울과 다른 계절들은 동일한 반복에 갇혀 무한히 낭비될 수밖에 없다. "내 사랑이 그칠 것"을 두려워하지도 막으려 하지도 않았던 1958년의 황동규는 이제 삶과 죽음을 아우르는 '기다림의 자세에 대한 생각'을 우리에게 나누어 준다. 각자 흩날리는 눈송이면서 시간과 공간의 간극을 두고 함께 내리고 그치는 눈인 우리는 이제 사랑이 그친 것이 사랑이 끝난 것이 아님을 안다. 부재하는 사랑도, 조금씩 소멸하는 삶도 날마다 그 없음과 사라짐을 통해 아프고 "홍"겹게 지속되는 것임을, 수많은 부재와 소멸의 바가텔이 쌓여 이룩하는 '텅 빔'과 '텅 빔'에 대한 감각이야말로 인간이 끝내 누려야 할 '사는 기쁨'임을 비로소 이해한다. 삶은 계속되고, "그동안에 눈이 그치고 꽃이 피어나고 낙엽이 떨어지고 또 눈이 퍼붓고 할 것을 믿는다". "나도 모르게 몸을 내"밀어 퍼붓는 눈과 피어나는 꽃과 떨어지는 낙엽을 [……] 맞는다. ▨